Bibliografische Information der Deutschen Nationalbibliothek: Die Deutsche Nationalbibliothek verzeichnet diese Publikation in der Deutschen Nationalbibliografie; detaillierte bibliografische Daten sind im Internet über dnb.dnb.de abrufbar.

© 2021 Martina S. Lista
Herstellung und Verlag: BoD – Books on Demand, Norderstedt

Cover-Foto : Martina S. Lista

Außerdem erschienen:
„Hilfe, der Chef kommt"   (2007)
„Hilfe, ein Psycho kommt"   (2019)

ISBN 9783752660616

Martina S. Lista

Wintermördchen

Ein nackter Schönling im Bett, eine Tote im Wald, eine nackte Leiche im Rhein, ein durchgeknallter Künstler, der vorzugsweise -na was wohl- Nackte malt, eine platinblonde Mutter und noch mehr Unheil. Schafft es Kommissarin Petra Schneider trotz mörderischem Männerverschleiß diesen Fall zu lösen? Nackt ist hier keine Option.

Martina S. Lista wurde 1967 in Weil am Rhein geboren. Nach dem Abitur studierte sie Betriebswirtschaft und später noch Psychologie. Wintermördchen ist ihr drittes Werk.
Alle Figuren sind selbstverständlich frei erfunden. Ähnlichkeiten mit lebenden Personen oder Idioten sind rein zufällig und nicht gewollt.

Für alle meine Freunde und Feinde

Montag, 4. November

Bitte nicht arbeiten, denkt Petra, als sie zur gewohnten Zeit wach wird. Lass es Sonntag sein. Dann könnte ich mich noch ein bisschen in diesem wunderschönen Traum wälzen. Was war es doch gleich nochmals? Sie und dieser gutaussehende Mann...Petra dreht sich wohlig und stößt an etwas Hartes, Warmes. Mist, das kann doch wohl jetzt nicht wahr sein.

Oh doch. Neben ihr liegt, in voller Pracht...ein Mann. David.

Ach Du Heiliger. Genau DAS hatte sie doch vermeiden wollen. Langsam kommt die Erinnerung wieder. War sie betrunken gewesen? Ihr Kopf dröhnt. Nein. Zwei Gläser Champagner, eine tolle Show. Und dann wollte David raus aus der Bar Rouge in Basel. Verständlich. Petra nämlich auch. Zu laut, zu voll, zu viele durchgeknallte Mädels.

Es hilft nichts. Sie muss arbeiten. Es liegen noch ein paar ungeklärte Fälle auf ihrem Tisch, und sie würde sich schwach vorkommen, wenn sie Astrid, die Sekretärin, anrufen müsste. Schließlich wusste diese, wo sie, Petra, gestern Abend war. Dummerweise hatte sie fröhlich davon berichtet. Nein, das geht jetzt gar nicht.

David grunzt, Petra springt auf und geht splitternackt, wie sie ist, unter die Dusche.

Sie betrachtet ihr Gesicht im Spiegel. Etwas müde, aber ein Leuchten in den Augen, welches schon Lange nicht mehr da war. Die Knitterfältchen, die sie unter ihren Augen erblickt, sind durchaus vertretbar. Sie dreht den Hahn auf bis warmes Wasser kommt, und steigt in die Duschkabine. Welche Wohltat. Und was für ein Mist, dass sie jetzt arbeiten gehen muss. Sie steigt aus der Dusche, betrachtet ihren Körper. Nein, an dem gibt es gar nichts auszusetzen. Lange schlanke Beine, durchtrainierter Bauch, definierte Arme. JahreLanges Balletttraining, Schwimmen und Laufen haben aus ihrem Körper das gemacht, was sie sieht. Sie ist zufrieden. Für fast 39 ist das ziemlich klasse. Wickelt sich ein Handtuch um die Langen, blonden Haare und schlüpft in ihren blauen Bademantel. Geht in die Küche und setzt Kaffee auf. Die schwarzweiße Katze schleicht hinterher und fordert ihr Frühstück ein. Petra öffnet eine Büchse mit Katzenfutter. Ein Blick nach draußen zeigt ihr, dass der November nun langsam zu seiner schönsten Form aufläuft. Es regnet, es ist grau. Die bunten Bäume zeugen noch vom Sommer, die Chrysanthemen in ihrem Blumenkasten stehen in voller weinroter Blüte. Der Winter wird kommen. Zweifellos. Und es stört sie nicht.

Wie konnte ich nur, fragt sie sich. Und was soll das jetzt bitte schön geben? Und was mach ich denn jetzt mit David? Das war es dann mit der Freundschaft. Mist. Im One-Night-Stand geendet. Toll. Petra kneift den Mund zusammen, bemerkt es sofort, entspannt ihn wieder. Nein, wie ihre Mutter möchte sie nicht aussehen. Machen wir das Beste draus. Ein Blick ins Schlafzimmer zeigt ihr, dass David immer noch schläft. Na, der wird's gewöhnt sein. Nächte durchfeiern und tags pennen. Schön für ihn.

Sie schenkt sich Kaffee ein, lässt sich am Küchentisch nieder und knabbert lustlos an einem Brot. Was mach ich denn jetzt mit ihm? Ich kann ihn ja schlecht vor die Türe setzen. Petra beendet ihr Frühstück, geht ins Bad, putzt sich die Zähne und schminkt sich dezent. Föhnt die Haare, um sie dann streng zu einem Knoten zurückzustecken. Sucht wie immer ihre Brille. Findet sie…in der Küche.

Dann wieder ins Schlafzimmer zurück. Sie braucht was zum Anziehen. Seriös. Heute bitte seriös. Sie wählt ein dunkelgrünes Kostüm, sucht Strümpfe und Wäsche und Bluse. Vom Partygirl zur Kommissarin. Irgendwie ist sie stolz auf diesen krassen Wechsel.

„*What are you doing?*"
David blinzelt und schaut sie entsetzt an.
Petra grinst durch ihre Gucci-Brille.
„Guten Morgen."
„Hey".

Manchmal ist er nicht so eloquent. Wie soll sie denn jetzt reagieren. Mit fast 39 immer noch keine Ahnung, wie man mit Männern umgeht. Und schon gar nicht, wenn es sich um so ein Prachtexemplar handelt. David ist ungefähr ein Meter neunzig groß, hat blaue Augen, einen Wahnsinnskörper, einen super Waschbrettbauch und auch sonstige Teile waren gut zu verwenden, erinnert sich Petra. Er hat nur einen kleinen Nachteil: Er ist Tänzer bei einer legendären, amerikanischen Männerstripgruppe. Und eigentlich war das Ganze nur ein Gag. Eigentlich. Bis gestern. Soll ich ihn jetzt küssen? Nö, das soll doch er machen. Außerdem hat er das krasse Verwandlungsbild noch nicht verdaut. Sicher macht er jetzt raketenartig die Fliege, denkt sie.

„Come here, kiss me like you kissed me yesterday."
Doch nicht?
"Ich dachte, Du kannst auch deutsch?
„Aber doch nicht so früh am Morgen."
Petra haucht ihm einen trockenen Kuss auf die Nasenspitze.
„Ich muss arbeiten".
„Oh".
„Was machen wir jetzt?"
„Wie Lange musst Du arbeiten?"
„Mindestens bis Mittag, da hilft nichts."
„Okay, und, *please*, kannst Du mich dann gegen Abend nach Bern fahren?"

Stimmt. Das hatten sie ausgemacht. Er hat heute wieder Auftritt. Diesmal in der Schweizer Hauptstadt. Und sie hat ihm versprochen, ihn am nächsten Tag dorthin zu bringen. Oh weh, ja, sie hatten noch eine Flasche Sekt bei ihr getrunken. Die Gläser stehen ja in der Spüle…das Corpus Delicti, die leere Flasche, nebendran.

Toll.

Oh weh.

„Und was machst Du?"

„Ich schlaf noch", grinst er.

Ganz wohl ist ihr jetzt nicht dabei. Allerdings: was soll er schon anstellen? Sie glaubte nicht daran, dass er ihre Wäsche durchwühlen würde. Und wenn schon. Manch andere wäre froh, wenn er genau das tun würde.

Ich bin pervers, denkt sie.

„Bist Du sicher?"

„*No problem*. Es hat ja genügend Bücher hier. Ich kann ja deutsch üben."

Petra zieht sich den Mantel über und tritt vor die Türe. Strömender Novemberregen begrüßt sie. Dreht sich nochmals um.

„Wenn die Katze Hunger hat, zeigt sie Dir das, Katzenfutter ist hier".

„Okay".

Voll bescheuert. Ich mag nicht arbeiten. Sie holt ihr Auto aus der Garage. Darf ich schon fahren? Naja, die Kollegen werden ein Auge zudrücken. Und so viel hatte sie auch nicht getrunken.

Petra macht sich widerwillig auf zur Polizeidirektion.

So was Blödes. Den tollsten Mann im Bett, und arbeiten. Der klassische One-Night-Stand. Und das alles nur, um…nein. An den will sie jetzt nicht denken. Der Tag versprach so schon, außergewöhnlich zu werden. Sie parkt ihr Auto auf dem Gelände, schließt ihr Büro auf. Die Verwaltungstante Meier-Vogelsang, Astrid Meier-Vogelsang, von der Streife gerne heimlich auch „der Arschtritt" genannt, im Zimmer vor ihr, ist noch nicht da. Die Türe, die sie stets aufstehen lässt, ist noch verschlossen. Das ist nicht in Ordnung, denkt Petra, aber vorerst nicht mein Problem.

Petra fährt den PC hoch, hängt derweil ihre Jacke auf. Das Büro macht bei schlechtem Wetter trotz großer Fenster einen tristen Eindruck. Aktenordner in den Schränken, alles grau in grau. Petras Versuche, etwas Gemütlichkeit hereinzubringen, sind bei einer überdimensionalen Grünlilie, welche auf dem Schrank steht, und einer Kerze stehengeblieben.

Petra lässt sich vor dem Computer nieder und schaut die Mails an. Kriminaloberkommissar Lauer, ihr Chef, scheint heute nicht da zu sein. Im Grunde ein verträglicher Mensch. Aber wenn er nicht da ist, kann er auch keine Extrawurst wollen, und Petra wollte heute nur eines: So schnell wie möglich wieder heim.

Es klopft an der Tür. Petra springt auf, setzt sich sogleich wieder, um dann gesittet wieder aufzustehen. Sicher der Arschtritt. Mit fadenscheiniger Entschuldigung.
„Herein".
Vor ihr steht, völlig durchnässt, die Haare verwuschelt, und einen panischen Ausdruck in seinen braunen Augen:
Matze. Offiziell bekannt als Matthias Sommerhalter.
Petra erschrickt.
„Was willst denn Du hier?"

In ihrem Kopf fängt es an zu rauschen. Sie hatte ihm vor ziemlich genau drei Wochen unmissverständlich mitgeteilt, dass sie die Geschichte zu beenden wünsche und privat den Kontakt mit anderen Menschen vorziehe. Daran hatte er sich strikt gehalten. Bis heute.
„Ruth ist verschwunden".
Und dann fängt er auch noch an zu heulen.

Matze war die Liebe ihres Lebens. Zumindest hatte sie das geglaubt. Es war nämlich eher die Liebe eines hitzigen Sommers, mehr nicht. Sie kann sich noch genau daran erinnern, als ob es gestern gewesen wäre. Sie lachten gemeinsam, sie unterhielten sich stundenlang, sie joggten im Wald, und vor allem aber liebten sie sich

unermüdlich, stundenlang und in allen Facetten. Sie schwammen zusammen durch den Zürichsee, sie besuchten einen Club. Sie waren das perfekte Paar. Er der unermüdliche Iron Man, sie die perfekte Barbie. Sportlich, lebenslustig, weltoffen. Es gab nur einen kleinen Haken an der Sache:
Er war schon verheiratet.
Mit Ruth.

„Dann komm halt mal rein, Du bist ja ganz durchnässt."

Er tut mir schon wieder leid, denkt sie, und das ist sein Trick. Obwohl sie sich gar nicht mal so sicher war, ob er das bewusst machte. Er hielt sich wohl einfach für Gottes Geschenk an die Frauen. Nein, das auch nicht. Durch seine Körpergröße, Petra war mit ihren ein Meter zweiundachtzig einen guten halben Kopf größer als er, hatte er eine gehörige Portion Unsicherheit in sich. Okay, das war auch noch so ein Haken an der Sache, die sie im Rausche der Pheromone damals nicht berücksichtigt hatte.

Matze schiebt sich zur Tür herein. Fragt nicht, wie es ihr geht, sagt nichts zu ihrem durchaus perfekten Äußeren. Nur er, er, er, er, er und Ruth.

Typisch, denkt sie, aber das passt mal wieder genau zu ihm.
„Also, erzähl mal, was ist passiert?"

„Hat sie Dich verlassen?"

„Ich weiß nicht".

„Wundern würde mich das bei Dir wirklich nicht. Was mich wundert ist, dass sie das so lange mitgemacht hat mit Dir."

„Wie jetzt?"

„Na hör mal, Schätzchen, ich war damals doch nicht die Erste und ich werde auch nicht die Letzte gewesen sein."

Matze wird rot.

„Erzähl mir keine Märchen, Matze."

„Ich hab´ Dich so geliebt", sagt er kaum hörbar, und seine großen braunen Augen füllen sich schon wieder verdächtig.

„Bitte?"

„Ich hab´ Dich so geliebt. Es war doch perfekt.

„Na, danke"

Petra schluckt trocken. Ich hab´ Dich auch geliebt, vielleicht liebe ich Dich noch? Aber das sagt sie ihm nicht. Sie kann den Triumph im Moment irgendwie nicht genießen. Perfekt für ihn war es allemal. Daheim die treusorgende Ehefrau, und für den Spaß die blonde Barbie mit den langen Beinen.

„Jedenfalls ist Ruth gestern Abend nicht nach Hause gekommen."

„Na, vielleicht hat sie ja einen Lover", grinst Petra.

„Ganz sicher nicht."

„Wo war sie denn?"

„Mit einer Freundin weg."

„Ach, hör auf Matze, komm schon. Die amerikanische Männer-Strip-Gruppe war gestern in Basel. Vielleicht hat sie sich ja einen geschnappt."

Soll ja vorkommen, denkt Petra.
Bei mir daheim liegt einer im Bett und schnarcht.

„Manchmal hat einer die Schnauze voll von den ganzen gestylten und dürren Barbies und er erkennt das Talent des Hausmütterchens an. Sie muss ja wahnsinnige Qualitäten haben, das kannst ja nur Du beurteilen. Und David hat mir gesagt, dass besonders die Schwarzen ab und an auf *„Good old Germany´s Housewives"* abfahren würden."

Stimmt, über das hatte sie gestern Abend auch mit David diskutiert. Und das alles auf englisch. Bis das Schlitzohr ihr gestand, dass es eine deutsche Großmutter hatte.

Petra kann sich den Sarkasmus nicht verkneifen. Obwohl, halt stop. Matze sollte nie erfahren wie sehr er sie verletzt hatte, als er immer wieder seine biedere Frau vorgezogen hatte. Er hatte ja fast noch verlangt, dass sie, Petra anzutanzen hätte, wenn Ruth arbeitet oder beim Arzt oder beim Friseur oder sonstwo war.
„Sei, nicht so gemein. Und wer ist David?"
„David eben. Einer von denen".
Jetzt guckt er total bescheuert aus der Wäsche.

„Woher kennst Du den?"

Ja, Matze, das würdest Du wohl gerne wissen. Das werde ich Dir aber sicher nicht erzählen, denkt Petra. Sie lächelt trotzdem, als sie an die vergangene Nacht denkt. Sie hatte sich eine Karte gekauft, und ging zu der Show der Männer-Strip-Gruppe in Basel, in der festen Absicht, sich zu amüsieren, und sonst nichts weiter. Sie trug ein rotes Kleid und einen roten Mantel, weil sie sich endlich wieder lebendig vorkommen wollte. Als sie am Stadtcasino an den Tourbussen vorbeilief, sah sie, kurz vor acht Uhr, einen Mann im Dunkeln hinter den Bussen stehen. Sie wusste instinktiv, dass dies einer von denen war, dass dies die einmalige Gelegenheit war, ihn anzusprechen. Weil er allein war. Und sie wusste genauso, dass sie ihn nicht ansprechen durfte, weil er sich vermutlich vor Lampenfieber von den anderen abgegrenzt hatte und heimlich da im Dunklen rauchte.

Sie stöckelte auf ihren 12 Zentimeter Highheels vorbei, drehte sich kurz um, registrierte, dass er ihr hinterher sah.

„Hi".

„Hi".

Allein das war's schon wert, hatte sie gedacht. Immer schön genügsam, wie Mama es sie gelehrt hatte. Petra ist hässlich, Petra ist doof, Petra kann nicht mit Menschen umgehen….

Die Show war großartig, wie immer. Sie erinnerte sich noch an die Programmzeitschrift, als sie das erste Mal dahin ging:

Wenn Sie ein Mann sind, nicht weiterlesen! Denn, was sollte es Sie kümmern, dass hier Männer in einem Saal rammelvoll vor Frauen (auch sehr schönen Frauen) auftreten mit eingeölten Superbodies, die viel Liegestütze-Kondition nahelegen? Lächerlich. Schönlinge sind´s, ganz richtig. Keinen richtigen Beruf. Den ganzen Tag Fitnessstudio und Solarium. Keine Verantwortung! Nicht so wie Sie! Aufbaupräparate. Schwiegersohnblicke. Und der Charme jener Sorte Kavaliere, die viel, viel Zeit haben, kein Stress machen, weil sie keinen haben...Objekte, ganz richtig, Objekte sind es. Nein, dass solche Burschen Ihre Freundin, Ihre Frau oder Ihre Tochter zum Schreien und zum Heulen bringen, das braucht Sie wirklich nicht zu ärgern!

Haha. Sie sagte ja gerne, dass sie da gerne hinging, weil die Jungs so gut tanzen könnten. Das war ungefähr so ähnlich wie wenn die Männer behaupten, dass sie den „Playboy" nur wegen der hervorragenden Artikel kaufen würden. Es ist wahr, die Typen haben eine Tanzausbildung, ohne Ballett geht da gar nichts, und im „Playboy" hat es wirklich gute Artikel. Neulich hatte sie mal was beim Friseur gelesen über die Haifischattacken in Ägypten…

Und dann: während der Show kam der Typ ins Publikum gesprungen, nahm sie in den Arm und küsste sie auf die Wange.

„Nice to meet you again".

Ha.

Und hinterher, als man die obligatorischen Fotos machen konnte, nein, Petra war sich dafür nicht zu schade, ging sie auf den Typen zu und sagte:

„Hi Ken. I´m Barbie"

Der Rest ergab sich von alleine.

Matze wirkt kurzfristig irritiert und abgelenkt.

„Wie jetzt? Du willst jetzt allen Ernstes behaupten, so einen hohlen Schönling zu kennen? Der poppt doch jede Nacht eine andere".

Petra zieht die Augenbrauen hoch und bedenkt Matze mit einem geheimnisvollen Blick. Ausgerechnet Matze lässt sich über Intelligenz und Nichtintelligenz aus, denkt sie. Sie verzichtet darauf, ihn zu belehren. Auch sein Lieblingswort für sexuelle Betätigungen gehört eher in einen Teenagerwortschatz.

„Also, lassen wir doch David mal. Der liegt daheim im Bett und pennt. Er ist ziemlich kaputt", fügt sie noch süffisant hinzu, und stellt fest, dass sie dieses Gespräch nun richtig genießt. Irgendwie hat er das verdient. Und jetzt guckt Matze richtig blöd. Petra ist sich sicher, dass er meint, sie hätte einen Witz gemacht.

Sage immer die Wahrheit, die glaubt Dir kein Mensch.

„Und überhaupt, wieso kommst Du jetzt schon? Ich habe Dir schon hundert Mal erklärt, dass man erwachsene Personen erst vermisst melden kann, wenn sie länger als 24 Stunden weg sind, oder?"

„Ja, aber…"

„Und fang nicht jeden Satz mit „aber" an", fügt sie belehrend hinzu.

„Aber…"

„Eben."

„Ich weiß auch nicht, warum ich schon zu Dir gekommen bin."

„Aha. Und was machen wir jetzt?"

Petra war irritiert. Das erste Mal seit dem 12. September, dass sie sich wieder alleine befanden. In einem geschlossenen Raum. Und in ihrem Büro wollte er ja auch immer mal „Poppen". Polizeibüro. Hat ja was schön Verbotenes an sich. Das macht man aber nicht.

Was hatte sie damals an ihm gefunden? Gut, er sah ganz süß aus. Wirkte jünger als 47. Er war so lebhaft, immer so voller guter Laune. So lebensfroh. Es war immer was los mit ihm. Braune Wuschellocken, braune Augen. Schlank. Na ja, wer am Iron Man teilnimmt, kann nicht fett sein. Allerdings hatte er lang nicht so einen guten Body wie

David, fügt sie jetzt im Geist hinzu. Aber erregt hat er sie schon immer. Wenn sie nur seinen Geruch wahrgenommen hatte, legte sich bei ihr ein Schalter um. Und im Moment roch sie ihn wieder. Eine Mischung aus After Shave, etwas Schweiß. Sie war damals unheimlich scharf auf seine behaarte Brust gewesen. Nun ja. David ist ja genau das Gegenteil.

Petra, das wird jetzt ungemütlich, sagt sie sich.

„Möchtest Du einen Tee? Dann überlegen wir, was Du machen kannst."

Mit einem schnellen Sprung entwischt sie ihm in die kleine Teeküche. Wo ist denn diese Astrid? Seit sie verheiratet ist, ist sie die Unzuverlässigkeit in Person.

Petra füllt Wasser in den Wasserkocher und holt zwei Teebeutel aus der Plastikdose. Die gewohnten Arbeiten verrichtet sie mechanisch und stellt fest, wie sie sich wieder beruhigt. Dieser Idiot. Was ist denn das wieder für eine Nummer? Wahrscheinlich ist Ruth grad beim Arzt und er hat frei, langweilt sich und probiert es mal wieder. Wundert sie zwar, dass er nach so langer Zeit antanzt.

Du Flachzange, Du hättest damals um mich kämpfen sollen. Ich habe jeden Tag darauf gewartet, dass Du um mich kämpfst. Aber Du hast es nicht getan. Es kam einfach nichts mehr.

Das Wasser fängt an zu kochen und Petra gießt es in zwei große kindische Tassen mit Bärchenmotiv und stellt eine vor ihn hin. Er sitzt mittlerweile an dem kleinen Tischchen.

„Zieh raus, wann Du magst"

Er schaut sie mit leuchtenden Augen an.

„Den Teebeutel natürlich", grinst Petra und erinnert sich ebenfalls wieder an andere Dinge. Sie kann ihm einfach nicht böse sein. Gut, dass sie sich damals sofort und schnell von ihm getrennt hatte. Auf ein Gespräch konnte sie sich nicht mehr einlassen. Sie wusste genau, sie wäre wieder mit ihm ins Bett gegangen, oder noch schlimmer, sie hätte mit ihm ins Bett gehen wollen und er hätte sie abgewiesen. Das war ja sein neuestes Spiel gewesen am Ende ihrer „Beziehung". Der Hellste war er nie, aber instinktiv musste er begriffen haben, was für eine ungeheure sexuelle Anziehungskraft er auf sie hatte.

„Nenn es Sex, nenn es Chemie, vielleicht ist es sogar so, dass er und du evolutionstechnisch gesehen dafür geschaffen wärt, miteinander Kinder zu bekommen. Vielleicht passen Eure Gene so perfekt zueinander, und die Natur hat das bemerkt und feuert alle Geschütze ab, um Euch dazu zu bringen, es miteinander zu treiben, bis endlich ein Kind entsteht", hatte sie mal in einem Buch gelesen.

Gute Variante. Das Kind wäre gutaussehend. Tolle Augen. Ausdauernd.

Entweder Model oder Leistungssportler. Tja, das Blöde dabei ist aber, dass er sich hat unterbinden lassen, und dass da nie ein Kind entsteht. Und dass ich dem armen Kind diese Ansprüche nicht aufdrücken will. Naja, vielleicht wäre es nicht ganz so Helle geworden, aber das ist doch alles eine (lustige) Utopie.

„Ich bin schwanger, juhu“.
Arschtritt hüpft zur Tür herein. Als sie Matze sieht, errötet sie verschämt und mustert ihn interessiert. Im weinroten Regenmäntelchen erinnert sie eher an eine Weihnachtskugel als an die seriöse Telefonistin, die zu sein sie gerne vorgibt, denkt Petra boshaft. Schwanger, klar.

„Na herzlichen Glückwunsch. Hast Du bis jetzt daran gearbeitet und bist deshalb zu spät? Hab Dir noch einen Bericht auf den Tisch gelegt, der sollte heute noch raus. Danke:“

Petra äußert sich bewusst kühl Frau Meier-Vogelsang gegenüber. Sie traute ihr seit einer Weile nicht mehr, aber sie wusste nicht genau warum. Es passt einfach nichts zueinander bei der Frau. Vielleicht nervt mich aber auch ihr Geschleime beim Chef, denkt sie.

Matze fühlt sich gestört. Die Spannung zwischen ihm und Petra hat sich mit dem Auftauchen von Frau Meier-Vogelsang schlagartig verflüchtigt.

„Ich geh dann mal wieder. Vielleicht kommt die Ruth ja wieder. Danke für den Tee."
Und weg war er.

Pff. Dass mich das immer so aufregt, denkt Petra. Sie wühlt in ihrer Schublade und fördert eine alte Schachtel rote Gauloises zu Tage. Eigentlich wollte sie ja aufhören. Oder weniger rauchen. Oder überhaupt.

„Bin mal kurz draußen"
Astrid nickt.
„Hey, wie war es denn bei der Männer-Strip-Gruppe?"
„Scharf. Wie immer."
Mehr brauchst Du nicht zu wissen.
„Wärst doch mitgekommen."
„Och nö, weißt, mein MANN mag das nicht…"

Hahaha. Ihr Mann mag das nicht. Vermutlich hat er Angst, dass sich jemand an seinem runden Hausweibchen vergreifen könnte. Petra hat sich schon immer gewundert, dass der Arschtritt überhaupt einen gefunden hat. Mit ihren kurzen braunen Haaren und der pummeligen Figur war sie in Petra´s Augen nicht wirklich attraktiv. Und, was natürlich viel wichtiger als das Äußere war, der Charakter war auch eher undurchsichtig bis opportunistisch. Naja, egal. Petra wusste plötzlich, was sie nervte. Dass sie sich auf das „Du" mit dem

Arschtritt auf der letzten Weihnachtsfeier eingelassen hatte. Jetzt war es aber zu spät.

„Ich mach heute übrigens nur bis Mittag, hab noch zu viele Überstunden. Falls jemand anruft: ich habe auswärtig Termine".

Und abgehauen wird nicht. Eine muss die Stellung halten. Petra hat immer noch ein schlechtes Gewissen, wenn sie Astrid herumkommandiert. Das macht man nicht, hatte sie ihre Mutter gelehrt. Aber Job ist Job, und Schnaps ist Schnaps. Und Frau Astrid Meier-Vogelsang tat rein gar nichts, wenn man ihr nicht sagte, was sie zu tun hatte.

Petra raucht vor der Türe, hat ein schlechtes Gewissen dabei, und verkrümelt sich dann wieder in ihr Büro. Hoffentlich ist bald 12.00 Uhr.

Tick, tack, tick, tack. Die Uhr läuft langsam, aber sie läuft. Richtig konzentrieren kann sich Petra auch nicht und schiebt lustlos Papiere auf dem Schreibtisch hin und her.

Dann endlich: Mittag!!! Und weg ist Petra…

***

27

Daheim sitzt David auf dem Sofa, die Beine auf den Couchtisch gelegt. Katze Chica liegt wohlig auf seinen Beinen.

„Hi Ken"

„Hi Officer"

Sie beugt sich zu ihm runter und küsst ihn auf den Mund.

„Hi Chica".

Petra schleudert ihre Schuhe von sich.

„Was ist los?"

„Ach, diese Flachzange von Matze war da…"

„Sorry, Dear, what is Pflatschzang?

Petra muss wider Willen lachen.

„Someone stupid"

David riecht frisch geduscht und sieht relativ relaxt aus. Dass er sich so schnell mit der Katze Chica angefreundet hat, wundert Petra.

„Wann musst Du in Bern sein?"

„Oh, wir haben noch Zeit" grinst er süffisant.

„Come here".

Petra lässt sich nicht zweimal bitten. Setzt sich neben ihn auf das Sofa. Mit einem gekonnten Griff löst er ihre Haare aus dem Knoten, welche ihr nun weich über die Schulter fallen. Die Brille nimmt er ihr sanft ab und legt sie auf den Couchtisch.

„Hi, Barbie"

Er schaut sein Werk grinsend an und küsst sie. Die Katze springt empört von seinen Beinen. Ach komm, einfach treiben lassen, denkt Petra, auch wenn sich kurz das Bild von Matze aufzwingt. Matze, wie er sie damals geküsst hatte…

Halt, nein, sofort aufhören. Hier ist David, und den werde ich jetzt noch genießen. Dieser grinst sie mit seinem unwiderstehlichen Lachen an. Und dann lassen beide nur noch die Körper reagieren.

***

Petra hat den Kopf auf David´s Brust gelegt und schnurrt zufrieden wie ein Kätzchen. Katze Chica liegt in ihrem Körbchen neben dem Bett und ignoriert das unwürdige Treiben.
„Ich glaube, wir müssen langsam los"
„Okay, schade", meint David.
„Weißt Du, was mir an Dir am besten gefallen hat?"
„Dass ich mich vom Officer in Barbie verwandeln kann?"
„Nein. Dass Du Dich gestern vor der Show am Bus nicht auf mich gestürzt hast. Jede andere hätte die Gelegenheit wahrgenommen."
„Du wolltest doch Deine Ruhe. Hattest wohl Lampenfieber."
„Allerdings. Fand ich sehr einfühlsam von Dir."

Das wusste Petra von Martina. Die Freundin war Tänzerin und leitete jetzt erfolgreich eine Ballettschule. Petra ließ sich regelmässig von ihr schinden. Gut für den Körper, gut für den Geist. Martina musste sich vor Auftritten immer zurückziehen. All das Geplapper, das Geschnatter, das Geschminke und Gepudere. Bringt doch nichts, sagte Martina immer.

Wo ich bin, ist vorne.

Fertig.

„Ist das Dein Auto?"

David schaut erstaunt auf Petras schwarzen Porsche 911 Cabriolet.

„Ja, aber der ist schon alt."

Oh, typisch, Petra, immer alles abwerten. David scheint aber trotzdem beeindruckt. Das war ihr Spielzeug, welches sie sich aus dem Erbe von Papa gegönnt hatte.

„Hast Du einen Pass dabei"

„Shit. No."

„*Shit*. Wir sind hier in Deutschland. Wir müssen aber in die Schweiz. Aber wir probieren es."

Petra beschließt zu fahren, als ob sie zum Hallenbad fahren würde, das macht sie auch immer ohne Papiere, nämlich von Lörrach über den Tüllinger Berg. Dann passieren sie die schweizerische Grenze bei Weil am Rhein-Otterbach, und wie erwartet ist kein Grenzbeamte in Sicht. Gut so.

„Alles okay. Wir sind jetzt in der Schweiz".

David ist sichtlich verwundert. Naja. Im Dreiländereck ist es normal, dass man mehrmals täglich die Grenze passiert. Weniger nach Frankreich, umso mehr in die Schweiz. Und damit sogar die Europäische Union verlässt.

Lörrach ist Petra´s Wohn- und Arbeitsort und liegt weniger als fünf Kilometer vom Dreiländereck Deutschland – Frankreich – Schweiz entfernt, die Gemarkungsfläche grenzt unmittelbar an die Schweiz.

Aber damit muss sie ihn ja nicht langweilen.

„Was arbeitest Du eigentlich genau, Officer?"

„Ich bin doch kein Officer, ich bin der Sheriff", grinst sie.

„Ich kläre Verbrechen auf."

„Like CSI?"

„Eigentlich hat diese Serie keinen Bezug zur realen Polizeiarbeit. Aber ja, Mord, Raub, Selbstmord."

„Interesting. Do you like it ?"

„Na, komm, lass mal die Arbeit. Wenn ich ehrlich bin, dann weiß ich nicht, ob ich sie mag. Ich mach sie. Manchmal gut. Manchmal schlecht. Schlimm ist es, Angehörigen schlimme Nachrichten zu überbringen."

„Wie kamst Du denn dazu?"

„My Mum. Sie dachte, dass es toll sei, beim Staat zu arbeiten."

Super. Ihre Mutter hatte ihr die Ausbildung im mittleren Dienst beschafft. Sie hatte lieber Mathematik studieren wollen. „Glaub ja nicht, dass Du dem Papa so lange auf der Tasche liegen kannst." Aber dann hatte man ihr nahegelegt, das Studium für den gehobenen Dienst zu absolvieren.

„Und Du? Macht es Spaß bei der Männer-Strip-Gruppe? Oder gehen Dir die Mädels manchmal auf den Geist?"
„Manchmal schon. Die sehen nur Dein Äußeres."
„Von manchen Menschen darf man auch nicht mehr erwarten"

Ob er jede Nacht eine andere hat, fragt sich Petra. Aber das kann ich ihn unmöglich fragen.
„Und manchmal würde ich gerne einfach daheim sein. So wie bei Dir heute Morgen. Auf dem Sofa. Kaffeetrinken. Katze spielen"
Ups. Was sind denn das für Töne.
„Meine Eltern wohnen in Kanada, ich bin dauernd unterwegs, und wenn ich nicht unterwegs bin, dann in Las Vegas"

Schillernd. Dahin hat es mich noch nie gezogen, denkt Petra. Zum Glück ist die Autobahn nach Bern fast leer, denkt sie. Normalerweise fahre ich nicht gerne mit Beifahrer. Und quatschen geht gar nicht. Und schon gar nicht englisch.

„Normalerweise würde man jetzt hier irgendwann die Alpen sehen. Ich bin ja nur froh, dass der Regen nachgelassen hat."

„Aha."

„Ist das eigentlich Dein Traumjob, Tänzer zu sein?"

"Naja. Ich habe eigentlich noch einen anderen Beruf. Ich besitze ein Marketing-Unternehmen in Las Vegas. Allerdings: mit der Gruppe auf Tour zu gehen macht deutlich mehr Spaß. Vor allem ist es für mich ziemlich toll, dass ich mit meinen 39 Jahren noch mit 21-jährigen Jungs auf der Bühne stehen darf. Denn eigentlich bin ich alt genug um ihr Vater zu sein."

„Haha. Ich werde auch 39, im Dezember. Was bist Du für ein Sternzeichen?"

„*Aries*."

„*What´s that*?"

„Mit Hörner".

„Widder" stellt Petra fest.

Na toll. Petra war Schütze, Matze war Schütze, Ruth war Widder und nun dieser auch. Und rein wissenschaftlich ist das ja gar nicht. Aber Feuerzeichen passen toll zueinander. Behauptet Matze. Obwohl der gar nicht mit im Auto sitzt.

„Hast Du eigentlich eine Freundin oder bist Du verheiratet?"

„*No*. Ich bin Single."

„Und was sagen Deine Eltern dazu, dass Du das machst?"

"Am Anfang waren sie nicht sehr glücklich darüber. Ich denke es lag daran, dass sie nicht wussten, worum es in der Show geht. Eines Tages jedoch kamen meine Mutter, mein Großvater, meine Großmutter, mein Vater, mein Bruder und meine Schwester mit zu einer Show, und sie waren begeistert. Erst jetzt hatten sie realisiert, dass das, was wir auf der Bühne veranstalten, eine echte Theaterproduktion ist, an der viel Arbeit hängt. Es ist eine zweistündige Show mit einer Menge Choreographie und 17 verschiedenen Nummern. Es ist mehr als nur eine Striptease-Show: wir sind professionelle Tänzer und Schauspieler und nicht einfach nur Stripper."

„Ups, ich muss hier raus. Welches Hotel nochmals?"
„Metropole".

Petra verlässt die Autobahn bei Bern-Wankdorf. Überall Baustelle. Katastrophe. Dann die lange Allee. Und dann den Berg herunter in die Altstadt. Zur Linken der Bärengraben, dann in die Altstadt herein. Petra steuert das erste Parkhaus an. Rathausparking.
„Wird schon passen"
David schnappt seinen Rucksack.
„Ich geh mit Dir suchen, okay."
„Du bist ein Schatz".

Petra ist froh, dass es nicht mehr regnet. Sie finden schnell das Hotel und dann hat sie das Gefühl „ich muss weg hier." Das überfällt sie zur Zeit immer öfters, und es hat sich gezeigt, dass sie ihm folgen sollte. Sie schreibt ihm ihre Handynummer auf einen Post-it, und dann verschwindet sie.
Weg hier.

Auf der Fahrt von Bern zurück muss sie sich konzentrieren. Der Regen hatte wieder angefangen und sie sieht fast nichts mehr. Verrückter Tag, verrückte Nacht. Erst David, dann Matze. Und dann wieder David.
Und eigentlich ist es nur Sex.
Nur Sex.
Aber jetzt will ich nur noch ins Bett.

Dienstag, 5. November

Petra wird durch ihr Handy geweckt. Nicht schon wieder denkt sie. Sechs Uhr. Sie wollte doch noch eine halbe Stunde schlafen. Es ist die Zentrale.

„Frau Schneider, ein Radfahrer hat über Notruf durchgegeben, dass er eine leblose Person gefunden hat. Im Wald. Bei der Brombacher Pflanzschulhütte."

Das ist aber jetzt nicht wahr, denkt Petra. Jetzt hat der Volltrottel von Matze seine Frau umgebracht. Diese Hütte war ihr nämlich wohlbekannt. Oft war sie mit Matze dort joggen gewesen, und ab und an hatte man eine Pause für ähem, sogenannte Gymnastik eingelegt. So eine Scheiße. Sie springt aus dem Bett. Eine notdürftige Katzenwäsche, Schminke, Zähneputzen. Petra schmeißt einen Schluck Kaffee vom Vortag in die Mikrowelle. Aarghl. Sie hasst es, wenn sie nicht frühstücken kann. Und wenn es nur ein Happen ist. Aber für diese Fälle hat sie ein kleines Fresslabor im Porsche eingerichtet. Paranüsse, Cashewkerne. Immer Wasserflaschen. Haare hoch, grauer Trenchcoat über. Schnell der Katze noch etwas Trockenfutter hingestellt. Die bleibt natürlich noch liegen. Wenn kein Sonnenstrahl zu sehen ist, rührt die sich kaum. Recht hat sie.

Es sieht so aus, als ob es heute grau in grau bleiben würde, denkt sie, als sie in den Porsche springt. Die einzigen Farbtupfer sind die Bäume, die in den schönsten Herbstfarben strahlen. Gähn. Diesen Teil des Jobs mag sie eben auch nicht.

Um 6.45 Uhr trifft Petra zeitgleich mit dem DRK und dem Notarzt am Tatort ein. Die Streifenwagenbesatzungen Mainzelmann und Müller fuhren sofort nach dem Notruf unter Inanspruchnahme von Sonderrechten, das heißt zu schnell und mit Blaulicht, den Waldparkplatz an. Der Radfahrer wurde von der Zentrale angehalten, am Parkplatz Kreuzeiche, der in der Nähe des Fundortes liegt, auf die Streifen und das Deutsche Rote Kreuz zu warten, damit er ihnen den Weg zur Fundstelle zeigen konnte. Er wurde ferner aufgefordert, nichts anzufassen und genau denselben Weg zurückzufahren, um keine weiteren Spuren zu verursachen.

„Morgen"
„Morgen"
Mainzelmann wie immer mürrisch, Müller grinst schief.
Was tu ich, wenn sie es ist, denkt Petra, als sie sich der Person nähert. Aber schon auf den ersten Blick erkennt sie, dass diese Frau auf keinen Fall Ruth ist. Erleichterung durchfährt sie wie ein Blitz. Die Frau weist eine unnatürliche Blässe auf und ist mit an Sicherheit grenzender Wahrscheinlichkeit

tot. Die blauen Augen sind geöffnet und starren in den grauen Himmel. Selbst in diesem Zustand sieht die Frau wunderschön aus. Ihr langes blondes Haar war zu einem Pferdeschwanz zusammengebunden. Petra schätzt sie auf ungefähr 35 Jahre. Das hübsche Gesicht schaut hilflos. Sie trägt eine teure Laufjacke einer bekannten Marke in einer auffälligen türkis-blauen Farbe. Der Reißverschluss der Jacke war geöffnet, das in der selben Farbe getragene Shirt nach oben gezogen. Der weiße Sport-BH ist zu erkennen. Die Laufhose einer ebenfalls bekannten Laufmarke war bis zu den Kniekehlen heruntergezogen. Eindeutig Läuferin, dachte Petra. Eine Kollegin also. Durchtrainiert. Die meinte es ernst. Die ging nicht nur aus Gag im Wald spazieren. Der anwesende Notarzt konnte nur noch einen unnatürlichen Tod feststellen. Was extrem auffällt: die Frau hat ein rotes Geschenkbändchen um den Hals. Nicht eng, das hatte sie nicht getötet. Es ist eher locker um den Hals geschlungen und bildet, wenn man das in der Situation sagen kann, lustige Ringellöckchen.

Ein paar Meter entfernt sitzt auf einem Stein, der Radfahrer. Er macht ein ziemlich unglückliches Gesicht. Petra geht auf ihn zu.
„Morgen. Schneider, Kripo Lörrach. Sie haben die Frau gefunden?
„Morgen. Manfred Berger."

„Ich muss Sie fragen, was Sie so früh am Morgen mit dem Rad machen?"

Petra findet diese obligatorische Frage selbst idiotisch, gehört sie doch ebenfalls zu denjenigen Verrückten, die im Sommer morgens um 6.00 Uhr in den Sonnenaufgang laufen, weil es später zu heiß ist. Mit dem Unterschied, dass es jetzt nicht mehr heiß ist und ein Sonnenaufgang nicht zu erwarten ist.

„Ich bin Informatiker. Wenn ich tagsüber auswärts Kunden betreuen muss, fahre ich morgens mit dem Rad, um den Kopf frei zu bekommen. Heute müsste ich um 10.00 Uhr in Freiburg sein…"

„Gut. Und wie haben Sie die Frau gefunden?"

„Ich fuhr über den Berg und da fiel mir diese ungewöhnliche Farbe auf. Die Jacke, wissen Sie. Da bin ich abgestiegen und habe mal nachgesehen. Und dann sofort Ihre Leute angerufen".

„Gut. Ich muss Sie bitten, mir Ihren vollständigen Namen und ihre Adresse zu hinterlassen."

Manfred Berger zittert am ganzen Leibe. Er hatte schöne seegrüne Augen, fiel Petra unprofessionellerweise auf. Hab´ ich immer noch den Hormonkoller? Vom Rest konnte man nicht viel erkennen. Auch er trägt teure und professionelle Radkleidung und macht das sicher nicht zum ersten Mal. Sein Mountainbike ist schmutzig. Er war ungefähr ein Meter achtzig groß, kräftige Statur.

„Morgen"

Mittlerweile ist auch Jürgen angekommen.

Der Kriminaltechniker.

„Morgen", grüßt Petra kühl.

„Und?"

„Die Leichenstarre ist voll ausgeprägt. Gemäß der Lebertemperatur ist die Frau bereits 15 Stunden tot. Todeszeitpunkt ungefähr 16.00 Uhr gestern."

„Danke."

„Herr Berger, ich muss Sie jetzt noch fragen, was Sie gestern Nachmittag gemacht haben."

„Bin ich etwa verdächtig?"

„Reine Routine. Es ist nicht gegen Sie gerichtet. Es sind immer alle verdächtig" beruhigte ihn Petra, weil er ihr langsam leid tat. Mir sollen die Typen nicht immer leid tun, denkt sie auch.

„Da war ich zu Hause am Rechner. Meine Frau war auch daheim. Wir haben uns gestritten. Sie können sie fragen. Um 17.00 Uhr habe ich meine Tochter vom Kindergarten abgeholt. Dann bin ich wieder nach Hause. Wo wir weiter gestritten haben."

Er seufzt.

„Wir werden Ihre Frau auf jeden Fall vernehmen. Sie dürfen jetzt gehen. Vielleicht schaffen Sie es noch zu ihrem Termin. Ich melde mich bei Ihnen".

Petra notiert sich Namen und Adresse von Herrn Berger. Er hat sogar einen Personalausweis dabei. Falls was passieren würde, hat er gemeint.

Mainzelmann und Müller sperren den Tatort weiträumig unter Hinzuziehung weiterer Streifen ab. Die Auffindesituation ist fotografiert worden. Jürgen macht sich an die Spurensicherung. Er klebt die Kleidung mit einer Art breitem Tesaband ab und verpackt die Fasern auf besondere Spurenkarten.

Alles wie gehabt. Sobald er fertig ist, wird die Leiche durch das Bestattungsunternehmen abgeholt und dort bis zur Abholung durch die Gerichtsmedizin sichergestellt werden.

Für Petra ist hier im Moment nichts zu tun. Weder hatte die Frau einen Pass dabei, noch ein Handy. Unverantwortlich. Zu dieser Jahreszeit alleine im Wald zu joggen, ohne Handy, denkt Petra, obwohl sie meistens genau das Gleiche tut.

Als Petra mit knurrendem Bauch im Büro auftaucht, droht schon das nächste Unheil. Astrid hat sich krank gemeldet, und im Warteraum wartet ein grauhaariger Herr mittleren Alters.
„Guten Tag, kann ich Ihnen helfen?"
„Ich hoffe es."
„Schneider, Kriminalkommissarin"

„Heinz Klein. Meine Frau ist gestern Mittag joggen gegangen und nicht nach Hause gekommen. Ich war auf Geschäftsreise und mein Sohn hat heute Morgen gesagt, dass sie nicht da ist. Ihre Laufschuhe sind weg.“

Oh weh, denkt Petra. Das löst sich ja schneller, als mir lieb ist. Ich wäre jetzt lieber noch frühstücken gegangen.

„Kommen Sie mal herein.“

Diesen Teil der Arbeit mochte sie am wenigsten. Den Angehörigen, die voller Hoffnung zu ihr kommen, eine schlechte Nachricht überbringen. Und in dieser Aufgabe war sie auch nicht so routiniert. Glücklicherweise gehörte Lörrach doch eher zu den langweiligeren Städten, was Morde angeht. Sie hatten es zwar mit einer ständigen Zunahme an Gewalttaten zu tun, hauptsächlich Eifersuchtsdelikte, Mann verprügelt Frau. Frau geht mit Messer auf einen Mann los.

Per Saldo hatte sie es in ihrer Laufbahn auch erst einmal mit einem echten Mord zu tun gehabt. Und dieser war relativ leicht aufzuklären gewesen und so tragisch nun auch wieder nicht gewesen . Es hatte sich um einen triebgesteuerten Pädophilen gehandelt, der vom Bruder eines seiner Opfer „bestraft“ worden war.

Frau Patricia Klein war 35 Jahre alt, blond und hübsch gewesen. Heinz Klein dagegen war 55 Jahre alt. Er brachte ein Foto seiner

Frau mit. Petra ist sich hundertprozentig sicher, dass es sich um die Tote handelt.

„Hören Sie", beginnt Petra „vermutlich habe ich schlechte Nachrichten für Sie. Wir haben heute Morgen eine unbekannte Person aufgefunden. Ich muss Sie bitten, sich noch etwas zu gedulden, aber sobald die Person in der Gerichtsmedizin ist, können Sie sie identifizieren."

Heinz Klein wird blass, taumelt.
Petra schiebt ihm einen Stuhl hin.
„Soll ich Ihnen ein Glas Wasser bringen?"
Klein nickt, ohne, dass er ein Wort herausbringt.
Scheiße, denkt Petra. Das ist so eine Scheiße.
„Vielleicht gehen Sie noch eine Stunde spazieren, bis wir weitermachen können. Es muss ja nicht sein, dass es sich um Ihre Frau handelt. Es könnte eine ganz andere Erklärung für ihr Verschwinden geben. Noch besser, kommen Sie doch heute nach Tisch nochmals wieder, bitte."
Petra glaubt sich selbst kein Wort. Nach Tisch. So ein Schwachsinn. Als ob der Mann überhaupt nur einen Bissen zu sich nehmen könnte.

***

„Nach Tisch" erscheint Jürgen in Petras Büro.

Wieder mit bierernstem Gesicht. Der nimmt aber alles auch so ernst, wie es ist. Ist das richtig? Oder sollte er sich auch mal ein bisschen Spaß gönnen? Seine stahlblauen Augen blicken durch Petra durch.

„Kommst Du mal mit?"

Widerwillig erhebt sich Petra und folgt ihm in die Gerichtsmedizin. Sie erschaudert. Erschütternd denkt sie, als sie die junge Frau auf dem Tisch liegen sieht.

„Und, fällt Dir was auf, abgesehen von dem albernen Geschenkbändel?" fragt Jürgen.

„Was soll mir auffallen. Sie ist tot. Du bist der Gerichts-schnippler."

Petra betrachtet die Tote näher. Sie war auffällig hübsch. Zu hübsch.

Das Gesicht perfekt und faltenlos.

Selbst im Tod noch so wie auf dem Foto.

Aber ausdruckslos.

Botox, denkt Petra.

„Botox"

„Und nicht nur das."

Petras Blick gleitet weiter über den perfekten Körper der jungen Frau. Meine Fresse, gegen die bin ich eine Hilfsbarbie, denkt sie.

„Klar, Silikonbrust. Aber wunderschön."

Ein Bauchnabelpiercing hat sie auch noch.

„Ist sie vergewaltigt worden?"

Die ist ja der totale Leckerbissen für jeden Triebtäter, denkt sie sich.

„Das kann ich so nicht sagen. Ich habe sie ja erst seit einer Stunde auf dem Tisch.

Aber es hat keinerlei Spuren von Gewalteinwirkung im Vaginal- und Analbereich. Ob sie Verkehr hatte, ergibt erst die Obduktion.

„Ja, und wie ist sie gestorben?"

„Herz-Kreislaufversagen" sagt Jürgen.

„Hä?"

„Sie ist erdrosselt worden. Aber die Spuren am Hals sind nur ganz schwach. Vermutlich mit einem weichen Tuch oder so etwas. Keinesfalls mit bloßen Händen. Und auf keinen Fall mit dem Weihnachtsband. Das hätte deutlichere Abdrücke gegeben. Das Glitzerband muss er oder sie ihr hinterher umgelegt haben."

Jürgen wirkt wieder verbissen, als ob ihn was bedrückte. Petra wusste, dass er Extrem-Marathonläufer war. Sie haben ein paar Mal zusammen trainiert, aber sie war ihm wohl zu langsam gewesen. Aus diesem Grund duzten sie sich auch. Mehr wurde nie daraus. War wohl auch besser so, denkt Petra, denn der Typ ist mir wirklich zu verkniffen. Und außerdem ein Arbeitskollege Er ist gut, ehrgeizig, aber verbissen. Ein bisschen loslassen könnte er ruhig auch mal.

Aber gut aussehen tut er, mit seinen blonden Haaren und den blauen Augen.

„Gut, dann wollen wir mal den Ehemann hereinlassen. Ich geh ihn holen".

Petra macht sich widerwillig auf die Suche nach Klein. Der sitzt im Wartebereich wie ein Häufchen Elend.

„Kommen Sie."

Der Mann scheint um Jahre gealtert zu sein. Obwohl er vorher auch schon nicht jung war. Er schleppt sich hinter Petra her in Jürgen´s Wirkstätte.

„Sind Sie bereit?"

Jürgen ist nie sehr einfühlsam.

„Ja".

Jürgen zieht das Tuch über der schönen Frau weg.

Klein stöhnt auf, wird bleich.

„Ja, sie ist es".

Dann fängt er an zu weinen.

„Kommen Sie, das genügt. Ich hole Ihnen jetzt erst einmal einen starken Kaffee."

Petra schleppt Klein wieder in ihr Büro.

„Setzen Sie sich."

Der Mann sitzt gebrochen gegenüber von Petra an ihrem Schreibtisch. Die Grünlilie macht den Eindruck, als ob sie sich in eine Trauerweide verwandeln wolle und hängt noch mehr vom Schrank herunter. Hell wird es heute auch nicht mehr. Alles grau in grau. Lediglich die Bäume im Hof geben noch ein paar bunte Tupfer her. Bald werden auch diese kahl sein.

„Wer tut sowas?" fragt er plötzlich.

„Das werden wir herausfinden", gibt sich Petra zuversichtlich.

„Ich muss Ihnen aber trotzdem noch einige Fragen stellen".

„Muss das jetzt sein?"

„Besser wäre es. Je mehr wir wissen, umso schneller können wir herausfinden wer es war und den Täter dingfest machen.

„Gut" Herr Klein nippt an seinem Kaffee.

„Nun, mir fiel da auf…"

„Ich weiß, was Sie sagen wollen. Ich war zu alt für sie. Beziehungsweise sie zu jung für mich. Ich bin 56 Jahre alt. Sie ist…sie war nur 35."

„Nun, es ist nicht selten, dass ältere Männer jünger Frauen haben. Sind sie schon lange verheiratet?"

„10 Jahre. Und wir haben einen zehnjährigen Sohn. Lukas."

„Was machen Sie beruflich?"

„Ich bin Steuerberater und Wirtschaftsprüfer. Ich bin selbständig. Meine Kanzlei befindet sich auch am Hühnerberg, so wie unser Haus."

„Ich habe sie wirklich geliebt," fügt er noch hinzu. „Auch wenn es kitschig klingt."

„Und sie, hat sie Sie auch geliebt?"

„Auf ihre Weise gewiss. Ich konnte ihr den Lebensstil ermöglichen, den sie sich erwünscht hat."

„Sie hat nicht gearbeitet?"

„Ab und an mal ein bisschen in der Kanzlei".

„Meinen Sie, dass sie glücklich war?"

„Ich denke schon. Wenn sie unglücklich war, dann mit sich selbst. Mit ihrem Aussehen, wissen Sie. Der Busen, das Alter. Das fängt mit 25 schon an. Der Bauch nach der Geburt. Aber dafür hatten wir immer eine Lösung. Und nein, sie hatte nicht die Bildung und die Intelligenz, um großartig über den Sinn des Lebens nachzugrübeln. Ihr genügte es, ein schickes Auto zu fahren, Sport zu machen, und was man halt so macht. Und sich um unseren Sohn zu kümmern."

„Und Sie? Waren Sie glücklich?"

„Ich arbeite sehr viel, wissen Sie. Und ich bin froh, wenn ich am Abend heimkomme, das Essen auf dem Tisch steht und ich keine hochgeistigen Konversationen über Quantenphysik abhalten muss."

Perfekte Symbiose, denkt Petra. Gibt es so oft. Ich kann es aber nicht verstehen. Das ist doch langweilig. Frau liebt Status, Mann liebt Schönheit. Immer die alte Leier. Doch was ist der Sinn? Kriminalkommissarin zu sein? Im Abschaum der Menschheit zu wühlen? Woher kommt denn der ganze Abschaum? Aus solchen unterdrückten Gefühlen. Was, wenn Patricia Klein doch lieber einen knackigen Kerl gehabt hätte? Einen wie David? Sie wäre äußerlich perfekt für diesen. Gegen diese Patricia bin ich wirklich alt und hässlich.

„Hatte Patricia eventuell einen Liebhaber?"

Klein zuckt fast unmerklich zusammen, aber Petra registriert es. Und er wird rot dabei.

„Nicht, dass ich wüsste."

„Sie hätte doch den ganzen Tag Zeit dazu gehabt."

Petra weiß, dass sie gemein ist, aber sie musste alles in Erwägung ziehen. Der Berger würde auch noch passen. Attraktiver als der Klein war der auch. Aber wer war das nicht. Petra mustert Herrn Klein nochmals unauffällig. Teurer Anzug, gediegenes Hemd. Die Haare teilweise ergraut, aber immer noch voll. Aber der Bauchansatz war nicht zu übersehen. Und der Oberkörper hatte eindeutig schon bessere Zeiten gesehen. Petra stellt sich vor wie die überirdisch schöne Patricia mit diesem alten Sack…Sei nicht so gemein, schimpft sie sich innerlich wieder. Und was macht das alles für einen Sinn?

„Dürfte ich Sie bitten, mir noch eine Haarprobe dazulassen?"

Herr Klein schaut irritiert.

„Nur, damit wir Sie ausschließen können."

„Wie das? Sicherlich werden Sie Haare von mir an ihr finden. Sie war ja schließlich meine Frau."

Wo er recht hat, hat er recht. Der ist gar nicht dumm.

„Trotzdem. Damit wir erkennen können, wenn noch andere Haare oder Fasern an ihr sind, die wir nicht zuordnen können. Ich muss Sie außerdem bitten, die Stadt nicht zu verlassen und sich für uns zur Verfügung zu halten."

Herr Klein rupft sich ein Haar aus, und Petra tütet es sorgfältig ein. Die Personalien sowie die Adresse und die Adresse der Kanzlei hat sie sich notiert. Außerdem ist er ein bekannter Mann in Lörrach.

„Sie können jetzt gehen. Wir werden Ihnen Bescheid geben, wenn die Leiche zur Bestattung freigegeben wird."

***

Abends findet Petra eine Nachricht auf ihrem privaten Anrufbeantworter. Matze. Seine ach so geliebte Ruth ist wieder da. Na Gott sei Dank habe ich keine anderen Sorgen, denkt Petra, als sie unter die Dusche steigt. Halt Dich einfach raus aus meinem Leben!

Mittwoch, 6. November

Schon wieder so ein grauer Morgen, denkt Petra, als sie zur Türe heraustritt. Der Herr Berger wohnt gar nicht so weit weg von ihr entfernt. Sie fährt zum Dorfende, biegt rechts ein, fährt am Kindergarten mit dem seltsamen Dach vorbei. Wo soll das jetzt sein? Ah, dieses Haus. Petra parkt den Porsche am Straßenrand und sucht die Eingangstür.

Eine Frau mittleren Alters öffnet ihr die Türe.

„Sie wünschen?"

„Schneider, Kriminalpolizei. Sind Sie Frau Berger?"

Die Frau nickt.

Attraktiv ist die nicht. Eher etwas aus dem Leim geraten. Der Haaransatz dunkelt nach. Die müsste mal wieder nachfärben.

„Ich hätte ein paar Fragen an Sie. Dürfte ich hereinkommen?"

Frau Berger erschrickt, macht aber den Weg frei.

Petra betritt die Diele.

„Ich ermittle in dem Mordfall. Ihr Mann hat die Leiche gefunden. Nun muss ich Sie fragen, ob es stimmt, dass Ihr Mann am Montagabend die ganze Zeit zu Hause war."

„Ja, das stimmt, wir hatten gestritten, danach sind wir noch zum Kindergarten gegangen und hatten mit der Leiterin ein langes Gespräch über das Verhalten unserer Tochter Lara, und dann sind wir wieder nach Hause und haben weiter gestritten. Aber er ist nicht mehr fortgegangen. Ich konnte die ganze Nacht nicht schlafen, das hätte ich gehört."

„Okay, dann herzlichen Dank einmal, und ich fahre noch schnell beim Kindergarten vorbei. Nicht, dass ich Ihnen nicht trauen würde, alles Routine."

Petra verabschiedet sich, überprüft im Kindergarten das Alibi, welches bestätigt wird. Irgendwie macht die Frau einen etwas lieblosen Eindruck. Die würde dem Berger sicher kein Alibi geben, wenn es nicht wahr wäre. Also, der Berger ist mal draußen.

Freitag, 8. November

„Sodele, ich habe das Ergebnis", Jürgen flitzt zur Bürotür herein.

„Sie hatte Geschlechtsverkehr, aber das muss in beiderseitigem Einvernehmen passiert sein. Keine Spuren von Gewalt, allerdings auch keine Spermaspuren. Der Täter, wenn es denn der Täter war, hatte ein Kondom benutzt."

Petra schaut zum Fenster heraus. Es ist neblig trüb, typisch November eben.

„Und was machen wir jetzt?"

„Wir müssen die Leiche wohl oder übel zur Bestattung freigeben. Du wirst auf die Beerdigung gehen müssen. Es kommt oft vor, dass der Täter sich unter die Trauergäste mischt."

Na super. Petra liebt Beerdigungen. Und dieses Scheißwetter auch. Jetzt naht auch noch das Wochenende, und sie hat keine Ahnung, was sie machen soll. David hat sich noch nicht gemeldet, aber das macht sowieso keinen Sinn. Der ist irgendwo in Deutschland unterwegs

Montag, 11. November

Soll ich, soll ich nicht? Langweilig war es Petra nicht, aber irgendwie fühlte sie sich unausgelastet. Das Wochenende war auch eher öde gewesen. Ihr Eisprung stand bevor, und ihr Körper schrie förmlich nach Fortpflanzung. Auch wenn ihr Kopf ganz genau wusste, dass sie einem Kind niemals das antun würde, was ihre Mutter ihr angetan hatte. Und vor allem: wer sollte der Vater sein? David wäre ideal. Aber der war weit weg. Das war halt mal so eine Spinnerei. Es war toll, aber er hat einen Job. Und ich auch, denkt sich Petra. Ich ruf jetzt Matze an, und frag ihn, ob er mit mir in der Mittagspause läuft. Sie spürt den Adrenalinstoß, als sie die bekannte Nummer seiner Firma wählt, wo er als Buchhalter arbeitet.

„Mein Name ist Sommerhalter, was kann ich für Sie tun?"

„Hey, hier ist Lady Marathon. Eigentlich wollte ich was für Dich tun."

„Ja?!

Er klingt sehr erfreut.

„Ich wollte Dich fragen, ob Du heute in der Mittagspause mitmöchtest, die 15 Kilometer das Rheinknie laufen?"

„Oh, Mann, heute geht es nicht. Ruth arbeitet den ganzen Tag, und ich habe die Vanessa."

„Ah, okay. Dann geh ich alleine. Es ist kalt, und ich weiß nicht, ob ich es packe. Bin gestern 10 Kilometer gelaufen und hatte extreme Magenprobleme. Saß ungefähr hinter jeden Baum."

„Oh ja, das kenn ich. Ist mir neulich auch mal passiert."

Petra ignoriert absichtlich, dass sie ja nichts mehr mit ihm zu tun haben wollte. Er geht auch nicht darauf ein. Allerdings fängt er an, gestresst zu tun.

„Du, ich muss weiterarbeiten".

„Ja, ich auch" sagt Petra, und beschließt, sich nochmals den Ehemann von Patricia vorzuknöpfen. Irgendwie lässt sich nichts erkennen. Aber warum sollte der alte Knacker seine so schöne Frau umbringen? Und der Berger? Der sah auch so unschuldig aus. Und ein Alibi hat er auch. Andererseits: die Frau sah jetzt nicht aus wie Barbieprinzessin, und dass sie jeden Abend mit ihm tollen Sex hatte, das bezweifelte Petra. Was denkt ein Mann, der ausgehungert ist, wenn er im Wald eine attraktive Blondine sieht? Alles Mögliche. Aber deswegen muss er sie ja nicht gleich umbringen

Sie kommt nicht vorwärts. Sie merkt, wie sie sich verzettelt und die Gedanken im Kopf kreisen. Ich will irgendwie Sex. Wie komme ich nur auf die idiotische Idee, Matze anzurufen? Scheiß-Hormone. Ich werde jetzt an die Wiese fahren und laufen.

Sie zieht sich ihre Jacke an.

„Astrid, ich gehe in die Pause und dann nochmals den Ehemann befragen. Heute Mittag besuche ich noch mal den Berger und den Ehemann. Bin auf dem Handy erreichbar."

Sie spürt den Adrenalinstoß, genau jenen, der sie fast davon abhalten wird und blockieren wird. Andere nennen das wohl den Schweinehund. Petra fährt nach Hause, zieht sich in Windeseile um. Sie muss jetzt raus.

Auf dem Parkplatz in Weil am Rhein, neben dem abgerissenen Laguna, stellt sie fest, dass sie ihre Uhr vergessen hat. Mist. Heute ist die Planung daneben. Muss ohne Uhr gehen. Zieht ihre blaue Mütze auf und verschließt die rote Laufjacke sorgfältig. Ach, da hinten ist ja eine öffentliche Uhr. Fünf vor halb eins. Gut. Auf dem Weg über das Feld pfeift ihr der kalte Ostwind ins Gesicht. Die Sonne strahlt, der Himmel ist blassblau. Es wird Winter werden. Zu ihrer Linken sieht sie den Tüllinger Hügel, rechts in der Ferne das Messegebäude mit der Bar Rouge im 22. Stockwerk. David, denkt sie wehmütig. Konzentriert sich auf das Laufen. Ihre Beine sind schwer wie Blei, und an dem sogenannten Kunstwerk aus Tonkacheln beschließt sie, die Route zu ändern. Es langweilt mich total, da wieder entlang zu rennen, denkt sie. Ich werde an den Rhein laufen, aber zur Kraftwerksinsel.

Das ist eine halbe Stunde, dann werde ich die Insel erkunden. Und dann ist auch gut. Mann, stinkt mir das heute.

Dieser Matze. Es war ein Fehler. Es war alles ein Fehler. Er blockiert ihr Gehirn, das wusste sie. Schon immer. Petra erreicht die erste Wiesenbrücke. An dem Häuschen sitzt immer und ewig der gleiche Penner. Ob es überhaupt ein Penner ist? Ihr wäre das jedenfalls zu blöd, stundenlang da in der Kälte zu sitzen. Petra überquert die Wiesenbrücke. Kurz vorher hatte sie die grüne Grenze zwischen Deutschland und der Schweiz passiert.

Im herbstlichen Erlenwald liegen die gelben Blätter am Boden. Das Laub raschelt unter ihren Füssen. Wenn die Beine nur nicht so schwer wären. Sie ist zwar jetzt besser auf der längeren Strecke, aber die harten Intervalle mit Matze fehlen ihr. Es hat schon was gebracht, das Training damals mit ihm. Aber nicht zu viel. Planung und Organisation. Sie wundert sich sowieso, wie der seine Buchhaltung auf die Reihe bringt. Petra befindet sich mittlerweile in Riehen. Läuft an der Kunsteisbahn Eglisee vorbei, muss an der Ampel anhalten. Dann die Allmendstrasse an den Rhein. Wieso steigt es denn hier? Wenn sie die umgekehrte Route läuft, fällt es doch auch nicht. Dann noch eine Straße, und der Rhein glitzert vor ihr. Sie hüpft erleichtert die Treppen herunter und steuert auf das

Kraftwerk Birsfelden zu. Wunderschön überspannt das Kraftwerk den Rhein. Die Herbstsonne spiegelt sich im Gewässer nieder, auf dem einige Stockenten und Blässhühner schwimmen. Zur Rechten sieht sie die Autobahnbrücke, dahinter das Münster und das Riesenrad. Es ist ja noch Herbstmesse in Basel. Aus irgendwelchen Gründen mag Petra die Herbstmesse nicht. Dann erreicht sie die Kraftwerksinsel. Da lauf ich jetzt einmal im Kreis rum, und das war´s dann, denkt sie sich. Rechts von ihr ist die Schiffahrtsschleuse und ein Frachtschiff, mit Kies beladen, hat sich gerade durch die Schleuse geschoben. Die Lange Schnauze der „Schwägalp" liegt noch vor ihr und Petra merkt langsam, wie ihr Kopf frei wird. Ist sie jetzt so schnell oder so langsam wie das Schiff, welches sich rheinaufwärts Richtung Hörnlifelsen schiebt? Sie zieht das Tempo kurz an und überholt das Schiff. Dann ist sie aber auch an der Spitze der Insel angelangt, und muss wenden. Ein kurzer Gruß zum Kapitän, und Petra läuft zurück in Richtung Süden, die Sonne im Gesicht. Wieder zu ihrer Rechten nun liegt das Feuerwehrboot Birsfelden. Links ist ein großes Gebäude. Ruderclub beider Basel, steht da dran. Gärtner sind damit beschäftigt, das Laub zu rechen. In der Mitte ein großer Rasenplatz, auf dem sich ein paar Leute mit ihren Hunden tummeln.

Wer hat die Joggerin umgebracht und vergewaltigt? Das muss ein Zufall gewesen sein. Keiner weiß, dass die da joggt. Und wann sie joggt, weiß auch keiner, hatte ihr Mann gesagt. Bei Petra war das ja auch so. Und bei diesem Wetter setzt sich doch der normale Triebtäter nicht auf die Lange und wartet, bis eine vorbeikommt. Oder doch?

Sexgier hatte Petra verspürt, bevor sie loslief.

Sexgier auf Matze.

Den Idioten.

Sexgier.

Vermutlich ein sexgieriger Spaziergänger, der die Frau gesehen hat. So hübsch wie die war. Ein Penner mit Sexgier? Sicher nicht, da hätte die Frau Klein sich doch gewehrt. Also doch ihr Lover?

Die Wahrscheinlichkeit, dass man auf hübsche Joggerinnen allein im Wald trifft, ist doch relativ gering.

Der Ehemann. Ich muss ihn nach dem Liebesleben befragen.

Petra verlässt die Kraftwerksinsel wieder, ändert nochmals den Weg und läuft über Riehen zurück an die Wiese. Ein strahlend gelbes Blütenmeer liegt vor ihr. Das ist der Weiße Senf, den die Bauern als Zwischenfrucht nach der Ernte anbauen. Leicht zu verwechseln mit Raps, der aber im Frühjahr blüht. Ihr war, als ob ihre Sinne dieses Jahr besonders geschärft seien. Nur leider nicht der Spürsinn, den sie für die Arbeit bräuchte.

Der Penner sitzt immer noch da.

Ein Penner?

Quatsch.

Männlich. Davon gibt es viele. Sexgierig. Davon gibt es auch viele.

Unausgelastet.

Eher unattraktiv. Attraktive Männer bekommen doch immer irgendwie eine ab. Geringe Schulbildung. Geringe Allgemeinbildung. Wir haben es mit einem hässlichen Mitbürger zu tun. Wenig Geld, sonst könnt er ins Bordell gehen. Doch nicht der Ehemann?

Was hätte der Ehemann davon? Und Berger war eher attraktiv. Außerdem hatte der ein Alibi.

„Also, der Berger war es definitiv nicht."

„Was macht Dich da so sicher?"

Der Chef Michael ist nicht überzeugt. Jeder ist verdächtig, so lange nicht seine Unschuld bewiesen ist, war schon immer sein Credo. Hieß es aber nicht, dass jeder so lange unschuldig ist, bis seine Schuld bewiesen ist?

„Nun, warum hätte er dann nochmals hinfahren sollen?"

„Manche Mörder machen das, die wollen ihr Werk nochmals betrachten".

„Mann, aber so fertig wie der war?"

„Das kann man auch spielen."

„Und ein Alibi hat er auch, die Frau",
mahnt Petra.

„Ach, die Frauen", Michael seufzt „die tun
doch nur das, was für sie von Vorteil ist."

„Ahja?" Jetzt ist Petra pikiert

„Und was wäre der Vorteil für Frau
Berger?"

„Nun, dass sie alleine mit einem kleinen
Kind sitzt, und keine Kohle hereinkommt."

„Wie kann man nur so negativ sein. Man
fand definitiv keine DNA von ihm bei ihr,
nicht mal ein Faserchen."

„Der Typ ist Informatiker. Der schreibt sich
sicher mal ein Programm: wie begehe ich
den perfekten Mord."

„Ach, Michael. Das ist doch Schwachsinn."

„Wir behalten ihn aber im Auge."

Freitag, 15. November

Die Woche war nun nicht sehr ergiebig, denkt sich Petra, als sie um 15.00 Uhr das Kommissariat verlässt. Keinen Millimeter vorwärtsgekommen. Vermutlich wird man die Akte schließen müssen. Obwohl ihr diese Lösung überhaupt nicht schmeckt. Außerdem ist noch die Beerdigung von Patricia. Da sollte sie schon noch hin. Also, in die Hufe, Beerdigungs-Outfit her. Schwarzer Mantel, schwarzer Hut. Sie hatte nun wirklich keine Lust, dahin zu gehen, gleichzeitig erforderte die Arbeit es. Der Täter kommt öfter an die Beerdigungen seiner Opfer als man denkt. Petra fährt zu dem Friedhof in Lörrach. Eigentlich sehr hübsch gelegen. Oben an den Urnengräbern kann man die Burg Rötteln erspähen. Die Gäste sind schon vielzählig da. Heinz Klein hat einen dunklen Anzug an. Der Wind pfeift, das Novemberwetter lässt nichts zu wünschen übrig. Bah, ist das kalt, denkt sie sich, hält sich im Hintergrund. Die Abdankungsfeier wird kurzgehalten. Man sieht ein großes Foto der wunderschönen Patricia. Richtige Loblieder auf sie konnte keiner singen. Ballett hatte sie noch getanzt, in irgendeiner Truppe. Davon sind einige Damen erschienen. Man erkennt sie an ihrem eleganten Schritt. Ansonsten fällt Petra nichts Weiteres auf. Der Sohn sitzt neben seinem Vater, heult ein bisschen, und sieht ein bisschen zerzaust aus. Dann der Gang zum Grab. Heinz Klein läuft hinter den Sargträgern her, kann sich kaum gerade halten. Hat der gesoffen? Neben ihm seine Mutter, nimmt Petra an. Dann geht alles sehr schnell: der Sarg wird zur Erde gelassen, Asche zu Asche, Staub zu Staub, Rosen regnen hinein, Heinz Klein bricht fast zusammen. Petra hält einen gewissen Abstand, bis ihr etwas auffällt. Im Hintergrund, nein, das kann es nicht sein, taucht Matze auf. In ein, meint er wohl, unauffälliges Mäntelchen gehüllt. Petra geht zu ihm hin.

„Matze, was machst Du hier?"

„Ich, äh. Ich kannte Patricia vom Lauftraining. Wir haben ab und an mal ein bisschen trainiert."

„Achso. Und wann war das?"

„Bevor ich Dich kennengelernt hatte".

Fragwürdige Aussagen. Immer wieder Matze. Und jetzt auch noch hier.

„Kennst Du auch Ihren Mann?"

„Nein, zum Glück nicht!"

Au Mann, dieser Matze ist sowas von doof. Außer Poppen und Sport kann der gar nichts. Aber er scheint immer wieder bei den Frauen Glück gehabt zu haben. Patricia auch noch. Wie viele kommen noch?

Auf den Leichenschmaus verzichtet Petra. Sie verabschiedet sich von Klein und Matze

66

und überlegt, was sie nun machen könnte, um sich besser zu fühlen.

Sie beschließt, den Abend in der Sauna zu verbringen und vorher eine Runde zu laufen. Auf eine Bar und schnelle Aufrisse hatte sie schon lange keine Lust mehr. Und das Wochenende allein zu verbringen machte ihr mittlerweile nichts mehr aus. Sie genoss es sogar. Und seit David hatte sie die Messlatte deutlich höher gehängt, was ihre Lover betrifft. Ehrlich gesagt, hatte sie seit David keinen Sex mehr. Auch egal, denkt sie sich. Das bisschen kann ich auch alleine.

Sie parkt das Auto wieder vor der Baustelle des Laguna-Badelandes. Schlecht gelaunt war sie. Dass von David nichts mehr kommt, war klar. Sie hatte heute mal nachgeschaut, wo er sich so rumtreibt. Heute war er in Frankfurt an der Oder. Na toll, am anderen Ende von Deutschland. Ach komm, es war ein schönes Erlebnis, genieße die Erinnerung, sagt sie sich, als sie losläuft.

Eigentlich mag ich heute auch gar nicht laufen, aber ich möchte unbedingt im April den Halbmarathon in Freiburg laufen. Natürlich nur, um es Matze zu zeigen. Dass sie auch alleine trainieren kann. Mit Plan. Und nicht so planlos wie er. Am liebsten hatte er sie vor dem Laufen gevögelt, sorry, gepoppt. Das konnte sie überhaupt nicht leiden.

Sie läuft wieder über das Feld. Das Wetter hat aufgetan, gottseidank, und der Wind war auch nicht mehr so bissig. Die Sonne steht schon tief im Westen und taucht alles in ein goldenes Licht. Der Winterweizen war aufgegangen. Vorne sieht sie den Turm von Chrischona. Sie genießt den mittlerweile stahlblauen Himmel und die frische Luft. Spürt, wie die Unruhe von ihr abfällt. Schlägt den Weg zum alten Trimmdichpfad ein. Papa hatte sie mal gefragt, ob der Zug immer noch da entlangfahren würde, als sie die Treppe hochsprintet. Papa hatte sich für sie interessiert. Jetzt war er tot. Natürlich fährt da schon lange kein Zug mehr. Bäume und Büsche haben die alten Gleise zugewuchert. Plötzlich ein Rascheln.
Was ist das?
Mitten auf dem Weg, eine große Katze. Nein, es ist ein Fuchs, der sie anstarrt und dann im Dickicht verschwindet.

Petra läuft durch den Dreiländergarten, schaut die Stockenten im Teich an. Als sie durch den Mooswald zurück zur Gartenstadt läuft, wird sie traurig. Irgendwann muss sie ein Gespräch mit ihrer Mutter anstreben. Sie war ja schließlich ihre Mutter Es kann zwar sein, dass die sie dann wieder als Lügnerin beschimpfen wird. Aber was soll´s. Es ist Bosheit, vermutlich gemischt mit einem Schuss Demenz. Was sie ihrer Mutter einfach vorwerfen muss, ist, dass diese sie immer schlecht behandelt hatte. Petra ist doof, Petra ist hässlich, Petra kann nichts, Petra ist zu fett. Wenn Petra mal ordentlich funktionierte, sprich als Teeny als Bademodenmodel fungierte, war alles gut. Auch als sie die Prüfung zur Kriminalkommissarin bestanden hatte, war die Mutter zufrieden. Nur, wenn es ihr mal nicht so gut ging, wie es auch manchmal passierte, zum Beispiel, als sie durch die Führerscheinprüfung rasselte (wie peinlich ist das denn?), da war die Mutter nie da. Keine Ahnung, was die Frau hat…Aber ihr Sohn, der war ihr ein und alles. Obwohl der ja auch nicht allzu viel auf die Reihe bekam. Und seit er die Neue, die Alexandra hatte, sprach er eh nicht mehr mit Petra. Nur weil Petra die Alexandra als Erbschleicherin bezeichnet hatte.

Was mach ich denn nur heute? Es ist Freitagabend, und Lust, in Bars rumzuhängen hatte sie eben halt nicht keine. Sie beschließt, noch eine Runde um das Sundgauhaus zu laufen. Die Ziegen weiden friedlich, und die Sonne verschwindet nun hinter den Bäumen. Petra beschließt, ihren Lauf zu beenden und in die Sauna zu gehen.

Es ist 17.00 Uhr, Petra lässt sich im Solebecken treiben. Der Himmel färbt sich im Westen glutrot. Um 17.45 Uhr ist es stockdunkel. Bald ist Weihnachten, denkt sie wehmütig. Und ich bin wieder alleine. Komm, reg Dich ab. Du hast ja Chica, und besser alleine, als in schlechter Gesellschaft. Schlussendlich in den Bademantel gekuschelt, genießt sie den ruhigen Abend. Bis plötzlich ihr Handy piept. Oh nein, denkt sie, bitte nicht jetzt nochmals los. Aber es ist…
David.

„Hi Dear. I just checked the schedule, and I will be in Offenburg next Friday. If you like to, I can offer you tickets for the show. Du kannst auch in meine Zimmer schlafen ☺.*"*

Ups. Der Abend war gerettet. Jetzt nur noch checken, ob sie da nicht Bereitschaft hat. Nein. Frei. Und jetzt geh ich heim und mache ein Fass auf, denkt sie kindisch begeistert.

Samstag, 16. November

Petra schläft aus, freut sich, dass ihr Handy sie endlich mal in Frieden lässt. Die Katze schläft noch auf dem Sofa, als plötzlich das Telefon klingelt. Petra schrickt zusammen. Aber es ist „nur" das altmodische Festnetz.

„Ollah, Artep".

Allein dieser Satz erklärt Petra die Anruferin. Es ist ihre alte Freundin Susanne, mit der sie schon als kleines Mädchen vorzugsweise Barbie gespielt hatte. Und da die Eltern manchmal nicht wissen durften, was gesprochen wurde, hatten sie sich eine Geheimsprache ausgedacht. Sie sprachen einfach rückwärts.

„Ollah, Ennasus!"

„Wie geht es Dir?"

„Ja, ganz gut so weit. Komme halt bei meinem aktuellen Fall nicht vorwärts, aber Du weißt ja, ich darf nichts sagen."

„Schon klar. Ich wollte dich ein wenig ablenken. Ich habe eine Karte für eine Vernissage in Lörrach für heute Abend. Ich kann leider nicht, weil ich Nachtschicht habe."

Susanne war leitende Oberärztin im Lörracher Krankenhaus. Manchmal beneidete Petra sie, denn sie hatte auch gerne Medizin studieren wollen. Aber ihre Mutter fand das gar nicht gut, dass das Töchterlein dem Vater so lange auf der

Tasche liegen wollte. Lieber hatte sie doch das Geld dazu verwendet, dem Sohnemann in den Hintern zu stopfen und jährlich drei Wochen nach Gran Canaria zu fliegen. Jetzt machte sie das allerdings nicht mehr, seit der Vater tot war. Petra wusste nicht so genau, was ihre Mutter so machte. Sie wohnte allein in dem Haus in Weil am Rhein. Im Sommer war sie jeden Tag im Schwimmbad. Petra hatte sie ja im Verdacht, dass sie sich nach anderen Männern umschaute. Wäre ja auch nicht das Schlechteste, wenn sie wieder jemanden kennenlernen würde, dann würde sie sich nicht so sehr auf ihren Sohn fixieren. Aber es war ihr ja keiner gut genug.

„Vernissage?"

„Ja, bei einer Treuhand in Lörrach. Machen die jedes Jahr. Ist ein ganz nettes Event. Man kann futtern und trinken, und es hat ein paar ganz nette Leute da. Alles gehobenes Niveau. Schadet Dir ja auch nicht, wenn Du mal jemanden kennenlernen würdest."

„Haha".

Petra trifft sich nicht mehr allzu oft mit Susanne, da diese ebenfalls einen neuen Partner hatte, mit dem sich Petra nicht so besonders gut verstand, warum auch immer. Und Susanne hatte teilweise Schichtdienst. Somit war Susanne nicht informiert über das Intermezzo mit David, wohl aber über die Pleite mit Matze.

„Ja, Banker, Steuerberater, Ärzte werden dort eingeladen. DIE High Society von Lörrach. Dass Du mir mal den Trottel von Buchhalter vergisst. Das war doch eine Flachzange."

„Okay, warum eigentlich nicht. Soll ich bei Dir kurz vorbeischauen und die Karte abholen, oder musst Du vorschlafen?

„Nö, ich schlafe erst ab 16.00 Uhr ein, zwei Stündchen. Wenn Du gegen 12.00 Uhr kommst, ist der Retep noch nicht da, ich kann Dir eine Frisur machen, und wir können noch ein Glässchen Occesorp trinken. Bis zur Nachtschicht bin ich dann wieder nüchtern", kichert Susanne.

Gesagt, getan. Petra frühstückt somit nur einen Joghurt, denn sie weiß, dass es bei Susanne sicherlich noch mehr Futter geben wird. Dann zieht sie sich einen Mantel über und begibt sich nach draußen in die feindliche Umwelt. Am Morgen war leichter Schneeregen gewesen, jetzt klart es ein wenig auf. Susanne wohnt in Weil in einem schmucken Einfamilienhäusschen. Tja, als Oberärztin kann man sich das leisten. Petra wurde wieder von Neid erfasst, denn sie selbst wohnte ja nur in einer Eigentumswohnung in Lörrach-Haagen. Eigentlich ganz hübsch gelegen, direkt unter der Burg Rötteln.

Es gab schöne Laufstrecken dort, man war in Windeseile in der Stadt Lörrach und in einer halben Stunde in Basel in der Schweiz oder auch in Frankreich. Das Haus, in dem sich Petras Wohnung befand, wurde von zehn Parteien bewohnt. Das war einer der Knackpunkte, denn diese Menschen waren alles eingesessene Haagener Dorfbewohner, und so richtig anfreunden konnte Petra sich noch nie mit denen. Da sie allerdings die meiste Zeit bei der Arbeit war und abends nach dem Laufen und/oder Sauna und Schwimmen heimkam, konnte ihr das egal sein. Sie wusste natürlich, dass sich besonders die Alte in der Erdgeschosswohnung gerne das Maul zerriss über Petras Männerbesuche, die da soooo zahlreich nun auch nicht waren. Eben Matze im Sommer, mit dem sie ab und an joggen war, dann ab und zu mal ihr Bruder, als sie sich noch verstanden hatten. Allerdings wusste wahrscheinlich keiner der Nachbarn, dass das ihr Bruder war. Und dann halt David. Da hatte die Alte ja richtig was zum Glotzen gehabt, grinst Petra diebisch in sich hinein. Naja, jetzt mal auf zu Susanne.

***

Susanne öffnet ihr in Jogginghosen, ihr Zuhause-Gammel-Look. In der Klinik im weißen Kittel, sonst in der Freizeit beim Ausgehen, immer top gestylt. Susanne war ein Jahr älter als Petra und ungefähr zehn

Zentimeter kleiner. Aber ansonsten könnten sie als Schwestern durchgehen. Beide blond (nachgeholfen), beide schlank. Das waren noch Zeiten, damals auf der Piste. Aber wer geht heutzutage noch in eine Disco.

„So, komm erst mal rein. Das ist ein Sauwetter heute Morgen gewesen. Mir hat es in die Geranien geschneit. Die müssen jetzt langsam mal weg."

Susanne hat einen Sekt-Brunch vorbereitet. Lachsbrötchen, Tomaten, Käsebrötchen und natürlich der obligatorische *Occesorp*.

„Also, hier ist die Einladung. Die Kunst ist manchmal etwas seltsam, aber wie gesagt, das Publikum ist cool, meistens jedenfalls."

„Aber ich kann doch da nicht alleine hingehen…"

„So wie ich Dich kenne, bist Du eh nicht lange alleine. Du wirst sicher jemanden treffen. Aber nun, nach dem Frühstück, machen wir Dir erst mal eine schöne Frisur."

Susanne war Spezialistin im Flechten von französischen bzw. russischen Zöpfen.

„Au Mann, dann meinen ja alle, ich sei eine Russentussi", kichert Petra, die ihre langen Haare bei der Arbeit stets zum Chignon gedreht hatte.

„Sicher, vor allem, wenn Du nach Typen mit Geld Ausschau hältst."

„Was macht eigentlich der Äääändy?"

Der Äääändy war eben der Bruder von Petra. Andreas Schneider, genannt Andy.

„Ich weiß es nicht so genau. Er war ja jahrelang in Bremen, jetzt im Sommer ist er wieder zurückgekommen, wegen der tollen Alexandra. Seit er die hat, hab´ ich Krach mit meiner Mutter und mit ihm. Wie das so genau gegangen ist, weiß ich gar nicht mehr so genau. Ah, doch: ich habe einen Bekannten aus dem Tanzkurs vor Jahren getroffen, den Daniel. Irgendwann hat mir der Andy gesagt, dass der Daniel ein Ex von der Alexandra sei. Und dann habe ich den Daniel vor kurzem mal getroffen und nach der Alex gefragt. Der Daniel hat nichts Schlechtes über sie gesagt, aber ich war gerade schlecht gelaunt wegen dem Arsch von Matze, und auch weil der Andy nichts mehr mit mir abmachen wollte, seit er die Alexandra hat, und da hab´ ich dem Andy eine Whatsapp geschrieben, dass ich mich mit Daniel unterhalten hätte und das sehr interessant gewesen sei.“

„Du bist aber auch böse, und dann?“

„Dann ist der Andy völlig ausgeflippt, hat mir noch eine WhatsApp geschickt, dass ich mich aus seinem Leben raushalten solle und mich dann blockiert.“

„Kindergarten, der kriegt sich schon wieder ein. Ist ja schließlich Dein Bruder“, meint Susanne.

„Mal sehen, so große Sehnsucht habe ich nicht nach ihm. Aber er hat am 18. November Geburtstag. Ich kann ihm ja eine Karte schreiben.“

„Gute Idee, mach das, aber jetzt wünsche ich Dir erst mal viel Spaß auf der Vernissage heute Abend."

***

Nach dem Frühstück-Mittagessen macht sich Petra wieder auf den Weg nach Hause. Der Fall geht ihr zwar immer noch nicht aus dem Kopf, gleichzeitig weiß sie, dass sie im Moment nichts tun kann. Außerdem ist Wochenende, und Abschalten könnte man auch einmal. Sie überlegt, ob sie noch eine Runde laufen gehen soll, verwirft die Idee aber wieder. Dann wäre die schöne Frisur von Susanne wieder kaputt und durchgeschwitzt, denn ohne Mütze würde es heute nicht gehen. Sie überlegt, was sie anziehen soll. Entscheidet sich dann für das kleine Schwarze, welches ihre Mutter ihr zur Abitursfeier genäht hatte. Ihre Mutter war Damenschneiderin, und sie hatte ein paar tolle Sachen genäht. Wobei das auch immer so eine Sache war: die Anproben fanden stets morgens in aller Früh statt, und ihre Mutter hatte sicherlich einen großen Spaß daran, sie immer mit ihren Nadeln zu piesacken. Und das Maßband. Oh weh. Wenn es nach ihrer Mutter geht, ist Petra unheimlich fett, bei 61 Kilo und 1,82 Metern. Gleichzeitig passt sie nach wie vor in dieses Kleid. Schlicht, kurz, schwarz. Nett.

***

Gegen 19.00 macht sie sich auf den Weg. Hat sich sicherheitshalber ein Taxi bestellt. Vor der Eingangstüre der Treuhand hat es schon viele Menschen. Petra zeigt ihre Eintrittskarte, dann läuft sie die Treppen hinauf. Bin mal gespannt, was mich hier erwartet. Oben noch mehr Menschen. An einem Empfangsbereich bekommt sie ein Glas Sekt gereicht. Sie schaut sich um, und dann trifft sie fast der Schlag. Ihre Mutter ist da! Sie trägt ein Kostümchen aus rotem Stoff, hat ihre Haare platinblond gefärbt und ist in Begleitung…oh nein, nicht auch das noch. In Begleitung von Andreas O.! Auch das noch. Andreas O. war sozusagen Petra´s erster Freund, aber nicht wirklich richtig. Sie war damals ungefähr 15 Jahre alt, noch auf dem Gymnasium und war schwer verliebt in Andreas O. Damals sah dieser noch besser aus: groß, blond, etwas übergewichtig, das musste man zugeben, und die Haare trug er in einer damals modernen sogenannten Popper-Frisur. Was aber nichts mit Poppen zu tun hatte. Das hieß damals so! Jugendkultur der Achtziger. Petra erinnerte sich noch daran, dass er immer am schwarzen Brett im Gymnasium

78

herumlungerte, und sie sicherlich ein halbes Jahr ununterbrochen die News am schwarzen Brett studieren musste, während er keinerlei Notiz von ihr genommen hatte. Dann, eines Tages im Sommer, rief er ihr an. Da Petra mit 15 noch nicht ausgehen durfte, schlug sie ihm vor, sie besuchen zu kommen, was er auch tat. Ihre Eltern waren spazieren gegangen, und Petra räumte in Windeseile ihr Zimmer auf. Dann gab sie vor ihm mit ihren Modenschau Fotos an, und dann folgte…ein bisschen Knutscherei. Als Andreas dann ging, waren ihre Eltern wieder da, und er begrüßte sie freundlich, was bei den Eltern einen guten Eindruck hinterließ. Man verabredete sich auf den nächsten Tag. Andreas wollte Petra vom Schwimmtraining abholen. Petra freute sich sehr darauf, aber dann verkündete der Typ, dass sie zu jung für ihn sei. Um es mit Matze´s Worten auszudrücken: er brauchte was zum Poppen, was mit 15 natürlich möglich, aber nicht unbedingt im Jugendschutzgesetz verankert war. Und jetzt war der Typ da, mit ihrer Mutter. Sie hätte ihn fast nicht wiedererkannt. Dünn, ausgemergelt, die Haare lang und strähnig.

„Was machst Du denn hier", herrscht ihre Mutter sie an.
„Und vor allem, wie siehst Du denn wieder aus? Wie eine billige Russentussi. Und schon wieder am Trinken. Du bist doch echt Alkoholikerin. Alkohol macht dick, das

sieht man Dir aber an, dass Du so viel trinkst!"

„Hallo, Petra, schön, Dich zu sehen, ganz so schlimm ist es nicht mit Dir", meint Andreas O. und betrachtet sie mit lüsternem Blick. Ja, mittlerweile war Petra ja alt genug zum Poppen. Vielleicht schon zu alt.

„Ich bin hier einer der Künstler. Das habe ich in der Entzugsklinik gelernt. Da hatte ich eine bekloppte Therapeutin, ich weiß gar nicht mehr, wie die hieß, aber egal. Jedenfalls wurde dort die Kunsttherapie anders gestaltet. Man malte auf Steine. Das fand ich erst doof, dann habe ich aber rausgefunden, dass man damit haufenweise Kohle verdienen kann. Deine Mutter habe ich mitgenommen, damit sie ein bisschen unter die Leute kommt."

„Aha. Entzugsklinik." Petra ist aufgefallen, dass Andreas ein Glas Orangensaft in der Hand hielt, und ihre Mutter aus Solidarität natürlich auch. „Entschuldigt mich, aber ich hole mir, wie das Alkis so tun, nochmal ein Glas Sekt. Danach zeigst Du mir mal Deine Werke…"

„Aber gerne", meint Andreas „und wenn ich Deine Mutter losgeworden bin, könnten wir ja nach der Vernissage noch zu mir gehen. Ich finde Dich nicht zu fett."

Na danke. Poppen mit Andreas O. gehörte schon lange nicht mehr zu ihren Träumen.

Sie schaut sich weiter um und findet auch sofort die Werke des Herrn O.

Es handelt sich um verschieden große Rheinkiesel. Die Zeichnungen sahen mehr oder weniger dilettantisch aus, ein bisschen schwarzer Filzstift, ein bisschen Farbe. Das Sujet? Meist ein Männchen mit mehr oder weniger großem Penis, welches sich den Freuden der Handarbeit hingab. Ganz phantastisch, denkt Petra. Würde jedes Kind hinkriegen, wenn es wüsste, was es malen soll. Aber das sagt man ja keinem Kind.

Andreas O. konnte wohl doch nicht aus seiner Haut heraus. Petra amüsiert sich prächtig, wundert sich aber gleichzeitig über die seltsamen Methoden dieser Therapeutin. Steinmaltherapie. Noch nie gehört. Ihre Mutter hat sich mittlerweile an die Bar begeben und sich ein Glas Sekt genommen. Ob die weiß, dass da Alkohol drin ist?

Unglaublich, dass man mit so einem Schwachsinn Geld verdienen kann. Aber was will man schon erwarten von den bekloppten Psychologen. Mal sehen, ob es noch andere Kunstwerke gibt. Ahja, da haben welche was aus Müll zusammengebastelt, und da ist noch ein lustiges Schwein. Schwein? Ist das echt?

„So, Petra, jetzt mach mal Deine Haare ordentlich." Ihre Mutter hat sich von hinten angeschlichen, und blitzschnell den Haargummi aus dem Zopf gelöst und an den Haaren gerissen.

„Geht´s noch? Ich bin 39 und nicht 9."

Am liebsten hätte sie ihrer Mutter ihr Glas Sekt ins Gesicht geschüttet. Aber das wollte sie dann doch nicht. Widerwillig begibt sich Petra auf die Toilette. Bürstet den schönen Zopf weg und sieht ihre grünen Augen wütend im Spiegel funkeln. Ihre Mutter war doch nicht mehr ganz dicht. Und auf den sogenannten Künstler konnte sie auch verzichten. Ich gehe, denkt sie, als sie die Toilette verlässt.

***

„Wo ist denn Ihre schöne Frisur hin?", fragt eine angenehme Stimme mit Schweizer Akzent hinter ihr. Petra dreht sich um und sieht einen attraktiven Mann, ca. 45 Jahre alt, genauso groß wie sie, graumelierte Haare, der so aussieht, wie sieht er denn aus, ja, fast wie Richard Gere.

„Meine Mutter fand die Frisur doof."

„Ach, Sie sind mit Ihrer Mutter hier? Und Sie machen noch immer, was diese sagt? Für mich machen Sie eigentlich einen ganz erwachsenen Eindruck."

„Ja, dachte ich auch. Aber für Mütter bleibt man wohl immer Kind. Nein, ich bin alleine gekommen und habe sie zufällig getroffen."

„Kommen Sie, wir gehen was trinken. Haben Sie dieses Schwein eigentlich schon gesehen? Ich frage mich die ganze Zeit, ob das ein echter Schweinekopf ist. Was für eine Tierquälerei. Ich bin übrigens Vegetarier."

„Das wollte ich auch mal werden, im Sommer hat das auch ganz gut funktioniert, aber im Winter ist es echt schwierig."

„Es ist nicht so schwierig, wie Sie denken".

Sie gehen nochmals zu der Schweineskulptur.

„Wissen Sie was? Sie könnten ein Foto mit mir und dem Schwein machen. Dann habe ich ein Beweisbild für meine Freundin, dass ich hier war."

Petra reicht ihre Kamera an „Richard Gere", und der knipst fleißig.

Dann geht es noch auf die Dachterrasse, wo Flammenkuchen und Glühwein serviert wird und man auch rauchen kann, wenn man möchte. Ihre Mutter hat sie nicht mehr gesehen, und Andreas O. ist wohl mit seinen Fans beschäftigt. Gottseidank. Nach dem Essen und etlichen Gläsern Sekt (Alkoholiker!!!), findet Petra, dass sie sich langsam vom Acker machen könnte.

Als sie sich von dem netten Richard Gere verabschiedet, drückt er ihr eine Visitenkarte in die Hand. Petra lässt sie in ihrer Handtasche verschwinden.

„Falls Sie mal in Basel sind, können Sie sich ja melden", hat er gemeint.

Petra schaut sich um, sieht ihre Mutter nirgends mehr, und verlässt blitzartig das Geschehen. Das mit dem Schweizer war ja nett, denkt sie.

Sie wird sich zu Hause mal die Visitenkarte genau ansehen, jetzt ist sie zu müde. Sie bestellt ein Taxi, und ab geht es nach Hause.

Sonntag, 17. November

Pieeeeeeeeeeeeeeeeeep. Pieeep. Das Handy schrillt. Petra wälzt sich auf die andere Seite des Bettes, aber das Piepen hört nicht auf. Manno. Ausschlafen. Sonntag! Gibt es hier offenbar nicht. Nerv.

„Ja?"

„Notfallzentrale hier, tut mir leid für die Störung, Frau Schneider, aber ein Typ hat eine Leiche am Rhein gefunden."

„Wo genau?"

„Isteiner Schwellen"

„Okay, ich komme. Gebt mir eine halbe Stunde, besser noch ein bisschen mehr. Ist Jürgen schon verständigt?"

„Ja"

Kotz. Petra dachte eigentlich, dass Sonntag sei. Naja, Susanne hatte es auch nicht besser. Petra spritzt sich etwas Wasser ins Gesicht, schminkt sich einigermaßen sorgfältig, muss wieder einen alten Kaffee aus der Thermoskanne trinken. Kotz, nerv. Nicht mal frühstücken. Sie schmiert sich auf die Schnelle ein Brot, springt unter die Dusche, und los geht es. Isteiner Schwellen. Super.

Die Isteiner Schwellen im Altrhein (eigentlich Rhein) gelten mit ihren kleinen

Sand- und Steinstränden als beliebtes Naherholungsgebiet, welches gut auf dem sich parallel zum Rhein erstreckenden Leinpfad zu erreichen ist; auch befindet sich dort einer der beliebtesten Nacktbadestränden im Dreiländereck. Nicht, dass Petra dort hingehen würde. Prüde war sie bekanntlich nicht, aber es könnte sie ja einer erkennen. Man stelle sich vor, sie vernimmt einen Zeugen und der sagt dann: „Ah, Sie sind ja die blonde Nackte von Istein." Hilfe.

Also, auf dahin. Werden ja wohl nicht so viele Nackte da sein. Das Wetter ist mal wieder novembermäßig bescheiden, also, dicker Mantel an, Mütze auf, und ab in den Porsche. Scheiß-Arbeit.

***

Auf dem Parkplatz angekommen parkt sie ihr Auto und weiß, dass sie noch ein paar Schritte zu Fuß gehen muss. Naturschutzgebiet. Eigentlich sehr schön dort. Eine blasse Novembersonne versucht, sich durch den Nebel zu quälen. Der Fluss schimmert silbrig. Dann steigt sie die Treppen zum Rheinufer herab und sieht auch gleich den Salat.

Vor Ort warten Jürgen mit seiner Truppe von der KTU, ein Typ im Bademantel, und die Streife mit Mainzelmann, wer hätte das vermutet? Die Polizisten haben schon mit ihren rot-weißen Bändern die Stelle abgesperrt. Petra stülpt sich die Schutzschuhe über und zückt ihre Gummihandschuhe.

„Morgen, wer sind Sie denn?"

„Ich bin Ralf Feuchter, ich habe das Dings hier gefunden."

„Und warum haben Sie einen Bademantel an?"

„Weil ich schwimmen war. 1.000 Armzüge bei 10,8 Grad Wassertemperatur."

„Sie haben aber nichts angefasst?"

„Doch, ich habe sie doch rausgezogen."

„Okay, dann brauchen wir leider auch Ihre Fingerabdrücke. Jürgen?"

Jürgen nähert sich mit seinem Köfferchen und beschmiert den Schweizer mit Tinte, bzw. seine Finger.

Okay. Muss frau das verstehen? Wer geht denn bei so einem Wetter ins Wasser? Der Mann schlottert in seinem Mäntelchen. Sieht aber nett aus, denkt Petra. Schweizer, dem Akzent nach.

„Und was ist dann passiert?"

„Dann bin ich gegen etwas gestoßen, das war weich und irgendwie komisch…und dann die da…"

Gut. Die Leiche sah nicht wirklich hübsch aus. Durch die Kälte des Rheins noch nicht ganz so aufgedunsen. Irgendwelche roten Haare standen vom Kopf ab. Die Frau dürfte um die 60-70 Jahre alt sein, gewesen sein. Das soll mal Jürgen rausfinden. Der war auch schon am Werk. Und, was auffällig ist: ein rotes Geschenkband um den Hals, locker geringelt.

„Die ist ebenfalls erwürgt worden. Ungefähr 15 bis 20 Stunden her, mehr kann ich nicht sagen. Und schon wieder dieses dämliche Band, möchte mal wissen, was das bedeuten soll."

Der Schweizer in seinem Mäntelchen zittert immer noch und fragt schüchtern:

„Kann ich jetzt gehen? Mir ist nämlich arschkalt."

Das konnte Petra gut verstehen.

„Ja, aber lassen Sie bitte Ihre Personalien hier."

Der Typ gibt ihr seinen Ausweis, den sie schnell mit dem Handy abfotografiert.

„Gehen Sie mal heim, sich aufwärmen!"

Der Schweizer trollt sich von dannen. Schwimmen im Rhein im November, denkt Petra, auf was für Ideen die Leute kommen.

Während Jürgen und seine Jungs in ihren Astronautenanzügen an der Leiche arbeiten, pfeift und trällert es aus dem Gebüsch. Wie pietätslos, denkt Petra. Welcher Idiot singt denn hier herum. Und aus dem Gebüsch taucht auf: Alain Delon.

Oh mein Gott, ich habe Halluzinationen, denkt Petra. Waren wohl doch zu viele Cüplis gestern an der Vernissage.

„*Bonjour*", sagt Alain.

Die anderen schauen fassungslos. Offenbar doch keine Halluzination.

„Halt, Sie dürfen hier nicht herein, das ist eine Polizeiabsperrung."

„*Une quoi*? Pardon, isch spresche nischt so gutt deutsch. Isch bin französisch."

Ja, das ist ziemlich offensichtlich.

„Und was machen Sie hier?"

„*Une promenade*", sagt Alain, die Kippe im Mundwinkel. Dann reckt er den Hals und erspäht die Leiche.

„Oh, *merde*, da ist Ildde!"

„Sie kennen die Frau".

„*Mais oui*, Ildde kennt jeder hier."

„Kommen Sie mal mit."

Petra zieht den Alain vom Fundort weg.

„Wer sind Sie überhaupt?"

„Dr. Alain Bellini, isch arbeite in der Clinic au Rhin in St. Louis. Isch bin Pschichiatre. Und Sie?"

„Petra Schneider, Kriminalpolizei Lörrach."

Petra zückt ihren Dienstausweis, auf den der Schöne einen neugierigen Blick wirft.

Auch das noch. Aber mit Alain lag Petra gar nicht falsch. Wo gibt es denn sowas. Nach der Pleite mit dem doofen Matze tauchen im grauen November lauter tolle Männer auf. Erst David von der Männer-Strip-Gruppe, dann Richard Gere, der aber ein Schweizer Bänker ist, und dann noch Alain Delon, der ein französischer Psychiater ist. Der Delon, äh, der Doc sieht wirklich aus wie Alain Delon. So um die 50, das schwarze Haar etwas angegraut, aber super attraktiv. Aber an sowas sollte sie jetzt wirklich nicht denken.

„Was können Sie mir über die Frau sagen? Hilde wer oder was? Wie gut kennen Sie sie?"

„Isch weiß nicht, wie sie noch eisst. Ildde oderr Illddegaa eben. Ist immer irr und schwimmt. Ist verheiratet, att ville Kinder."

„Und wieso kennen Sie sie? Kannten Sie sie? Sie ist doch wesentlich älter als Sie?"

Jetzt wird der angebliche Psychiater auch noch rot.

„Muss isch das sagen? Ischt das wischtig?"

„Alles ist wichtig".

„Okay, abber Sie nicht erzällen allen. Sonst alle lachen."

Der arme Psycho. Petra ist mal gespannt, was es da zu lachen gibt.

„Also, vor ungefährrr 30 Jahren, isch noch Studium an Uni in Mulhouse, Semesterferien, isch war irrr."

Er war irr? Ah nee, er war hier. Die Franzosen können ja kein „H" sprechen.

„Und dann?"

„Die Ildde att vor 30 Jahren super ausgesehen. Isch war 20, die Ildde wohl 40. Da hat sie mich gefragt, ob ich nicht Lust hätte, meine *bite* in ihre *chatte*...und sie sah wirklisch toll aus, gute Figur, nischt so Ängebussen wie jetzt...und isch atte nischt zu tun...und es warrrr aber nur einmal, denn der Mann von der Ildde kommt auch manchmal err."

Aha. Was für Abgründe tun sich denn hier auf?

„Sie müssen ebenfalls Ihre Personalien hier lassen, Herr Bellini. Das ist alles sehr verdächtig."

Petras Hirn fängt an zu fantasieren. Diese Hilde oder Hildegard und der Psychiater, der damals noch keiner war. Hat sie ihn möglicherweise erpresst und er musste sie um die Ecke bringen? Wäre sicher nicht gut, wenn in der Klinik rauskäme, dass der Schönling mit einer alten Frau. Gut, es war vor 30 Jahren…

„Alt, mir fällt noch was ein", meint der Bellini.

„Wenn Sie den Namen rausbekommen müssen, dann könnten Sie nach Bad Bellingen *aux thermes* gehen. Dort ischt die Ildde jeden Abend. Sischer kennen die an der Kasse die."

„Was ist Otterm?

Petras Französisch war schon Lange her.

„La piscine".

Ah, das Schwimmbad. Mit Schwimmbädern kannte Petra sich aus, allerdings nicht mit Schwimmbädern in Bad Bellingen. Da gab es ein Thermalbad.

„Thermalbad?"

„Oui, aux thermes. Kann isch jetzt gehen? J'ai faim…"

Petra hat ebenfalls die Personalien von diesem Schönling aufgenommen, verifiziert, dass er wirklich Psychiater war, wenn er nicht seinen Badge und seinen Ausweis gefälscht hatte, aber das wäre wohl sehr weit hergeholt. Ein kurzes Telefonat mit der Clinic au Rhin, die

92

Telefonistin konnte gottseidank deutsch, bestätigte alles.

„Ja, dann können Sie gehen. Hier ist meine Karte, falls Ihnen noch etwas einfällt. Und werfen Sie bloß nicht ihre Kippe hier in den Rhein, das ist Naturschutzgebiet. Petra reicht ihm einen Gummihandschuh.

„Dahinein, und dann mitnehmen."

„*Un mégot contamine 40 litres d´eau*", kommt es von Jürgen. Uppsa, woher kann der Französisch?

Der verblüffte Franzose packt dann tatsächlich seine Kippe weg und macht sich von dannen. Diesmal nicht mehr singend und pfeifend.

***

Nachdem Jürgen seinen Job gemacht hat, die Leiche in die Gerichtsmedizin abtransportiert war, macht sich Petra ebenfalls müde auf den Rückweg. Also, auf nach Bad Bellingen. Petra kann sich daran erinnern, dass sie mal mit den Eltern dort war. Jahre muss es her sein. Es ist ein ganz nettes Dörfchen, eben dieses Thermalbad, und dann gibt es noch jedes Jahr im Sommer ein Lichterfest im Kurpark. Aber als sie das letzte Mal da war, war sie sicher noch ein kleines Mädchen gewesen. Also, auf nach Bad Bellingen ins Schwimmbad.

Auf dem Weg zum Parkplatz kommt ihr ein Jogger entgegen. Oh, nein. Es ist Matze.

„Halt, stop, was machst Du denn hier?"

„Ich jogge, wenn Du mich nicht unterbrechen würdest. Und was machst Du hier?"

„Ich gehe spazieren, sieht man doch."

„Mit Dienstwaffe?"

Matze deutet auf die Ausbeulung unter Petras Mantel.

„Sicher ist sicher…"

Matze macht sich wieder auf zum Weiterjoggen. Petra ärgert sich nach wie vor ab dem Typen. Arrogant bis zum Gehtnichtmehr. Ist das eigentlich Zufall, dass der immer dann auftaucht, wenn irgendwo eine Leiche gefunden wird? Gut, die Wasserleiche wurde nicht heute ermordet, die lag ja schon länger da drin. Petra startet den Motor und rauscht wütend von dannen.

Bad Bellingen ist ein hübsches Dörfchen im Markgräflerland. Petra findet das gut ausgeschilderte Thermalbad sofort. Auch Parkplätze gibt es hier. Mittlerweile fängt es wieder an zu stürmen. Irgendwie riecht es auch nach Schnee. Gelbe Blätter wirbeln auf dem Parkplatz, als Petra sich auf den Weg zum Eingang macht.

„Was hätten Sie gerne, Thermalbad mit Sauna oder nur Thermalbad?" fragt die freundliche Frau an der Kasse. Petra zückt ihren Dienstausweis.

„Kann ich Sie irgendwo in Ruhe sprechen? Es ist wichtig."

Die Dame an der Kasse schaut sich nach einer Kollegin um und führt Petra dann in eine Art Café in der Nähe des Eingangs.

„Ich weiß nicht, ob Sie mir weiterhelfen können. Wir haben heute Mittag eine Leiche im Rhein gefunden."

Die Frau wird bleich.

„Wir wissen nicht, wer die Frau ist. Ein Zeuge hat ausgesagt, dass sie anscheinend Hilde oder Hildegard heißt und hier Stammgast ist. Ich weiß, das ist jetzt die Nadel im Heuhaufen, aber ich muss jedem Hinweis hinterhergehen. Wahrscheinlich haben Sie Hunderte von Hilden hier. Rote Haare hatte sie noch."

„Nein, das ist absolut keine Nadel im Heuhaufen. Hier gibt es eine Hilde, die JEDEN Abend hierherkommt. Und stimmt, die letzten zwei Tage habe ich sie nicht gesehen. Kommen Sie, wir gehen an meinen Computer zurück. Die Gäste, welche Jahreskarten haben, haben ein Foto hinterlegt. Das widerspricht aber jetzt dann nicht dem Datenschutz, oder?"

„In dem Fall nicht", erklärt Petra. „Hier dient es einer polizeilichen Ermittlung und somit ist der Datenschutz aufgehoben."

„Also, gut".

Die Frau und Petra gehen wieder zum Computer. Drei Klicks und das Bild einer in die Jahre gekommenen Rothaarigen taucht auf. Petra vergleicht das Bild mit dem der Leiche auf ihrem Handy. Sie ist zu 99 Prozent sicher.

„Das ist Hildegard Schwätzer, geboren am 19. März 1949, wohnhaft in Weil am Rhein-Haltingen, Alemannenweg 10. Ich hoffe, das hilft Ihnen etwas. Einen Ehemann hat sie auch, der kommt auch ab und zu mit hier her."

Petra bedankt sich bei der freundlichen Frau und macht sich wieder auf die Socken. Eigentlich hätte sie Lust gehabt, ins Thermalbad zu gehen und in der Sauna zu entspannen, aber erstens hatte sie keine Badesachen dabei und zweitens war jetzt

Arbeit angesagt. Und zwar der schlimmste Teil. Den Angehörigen die unfrohe Botschaft zu überbringen. Sie nimmt sich aber vor, das Thermalbad ein anderes Mal aufzusuchen. So weit weg war es ja schließlich nicht. Der Wind hat mittlerweile noch mehr aufgefrischt und pustet Petras Haare auf dem Weg zum Parkplatz ordentlich durch. So ein blöder Sonntag. Eigentlich war sie todmüde, aber das musste noch erledigt werden. Petra steigt in ihren Porsche und verlässt Bad Bellingen in Richtung Rheinweiler mit dem Ziel Autobahnzubringer Efringen-Kirchen. Das Navi lotst sie, obwohl sie sich in der Ecke ganz gut auskannte. Sie war ja in Weil am Rhein aufgewachsen und eine Schulfreundin wohnte ihres Erachtens in der gleichen Straße wie Hildegard Schwätzer. Nach 20 Minuten Fahrtzeit ist sie da. Ein beschauliches kleines Reihenhäuschen, der Garten liebevoll gepflegt. Alles hübsch mit Steinen vom Rhein dekoriert. Und diese zum Glück nicht von Andreas O. verziert! Das muss es wahrscheinlich sein. Petra parkt ihr Auto am Straßenrand, steigt aus und klingelt bei Schwätzer. Es dauert einen Moment, bis ein älterer Herr im Jogginganzug die Türe öffnet.

„Herr Schwätzer?"

„Ja, der bin ich."

Petra zückt ihren Dienstausweis.

„Petra Schneider, Kriminalpolizei Lörrach. Darf ich hereinkommen?"

Petra vermeidet es tunlichst, sich mit Mordkommission vorzustellen. Das erschreckt die Menschen an der Türe schon meist zu Tode. Der Herr bittet sie herein.

„Was ist denn passiert?"

„Ich, äh, hüstel, muss Ihnen mitteilen, dass Ihre Frau vermutlich tot aufgefunden worden ist. Ganz sicher sind wir nicht, wir müssten Sie bitten, mit in die Gerichtsmedizin zu kommen, um sie zu identifizieren. Haben Sie sie denn nicht vermisst?"

Herr Schwätzer schaut etwas verwirrt, aber gar nicht so unglücklich, findet Petra.

„Nun, sie ist Freitag an den Rhein gegangen und danach nach Bad Bellingen in die Sauna, und seitdem nicht mehr zurückgekommen, das stimmt schon. Aber wissen Sie…ähm, die Sache ist etwas, hüstel, delikat."

„Ja?"

„Meine Frau hat ein paar Freunde in Frankreich. Manchmal übernachtet sie dort, und bleibt schon mal übers Wochenende. Sie sagt zwar immer, dass sie mit ihrer Freundin Fabienne noch was getrunken hat und nicht mehr fahren konnte oder wollte und dann gleich im Elsass geblieben ist. Ich weiß aber, dass das eher ein Fabien oder ein Alain oder ein Jean-Marc ist. Wissen Sie, meine Frau verkraftet es gar nicht, alt zu werden, und manchmal muss sie tun wie eine Zwanzigjährige."

„Ihre Frau ist 70?"

„Ja, ich weiß. Sie war schon immer so. Irgendwann, sicherlich ist es 30 Jahre her, hat es angefangen. Da hatte sie so einen französischen Medizinstudenten. Ich tue immer so, als merke ich nichts, dann habe ich meine Ruhe und sie ihren Spaß. Wissen Sie, sie ist manchmal schon anstrengend…"

Aha. Der Medizinstudent. Das war wohl der gutaussehende Psychiater, der wohl doch die Wahrheit gesagt hatte.

„Mmmh. Können Sie denn mitkommen, um sie zu identifizieren?"

„Ja, klar, ich ziehe mir nur noch was anderes an. Wieso sind Sie eigentlich von Lörrach gekommen? Ich dachte, für uns ist Weil zuständig."

„Herr Schwätzer, wir haben die Vermutung, dass Ihre Frau keines natürlichen Todes gestorben ist. Wir haben in Lörrach einen ähnlichen Fall, deswegen haben die Weiler uns angerufen."

„Ach…"

So richtig traurig sieht der nicht aus, denkt Petra. Herr Schwätzer kommt angezogen zurück, und es wird beschlossen, dass er hinter Petra herfährt.

In der Gerichtsmedizin in Lörrach angekommen, steigt Petra aus. Herr Schwätzer kommt unsicher hinter ihr her. Jürgen öffnet die Türe und führt sie in den Keller. Diesen Raum konnte Petra schon gar nicht leiden. Überall dieses bläuliche Kunstlicht, der Geruch nach Formaldehyd. Jürgen reicht beiden ein Glas mit Eukalyptus-Erkältungssalbe zum in die Nase zu schmieren. Dann zieht er die Schublade auf und deckt den Kopf auf.

„Das ist sie, meine Hilde. 50 Jahre waren wir zusammen, und jetzt ist sie tot. Ich werde in der Kirche für sie beten. Ich bin nämlich Pfarrer."

Jürgen deckt die Leiche wieder zu und Petra und Herr Schwätzer gehen schnell nach draußen.

„Wer könnte das gewesen sein? Hat ihre Frau Feinde?"

„Feinde? Ich glaube nicht. Es kann sein, dass der eine oder andere am Rheinstrand, wo sie im Sommer immer ist, vielleicht nicht ganz so begeistert ist von ihr, weil sie immer den gleichen Scheiß…Entschuldigung…redet. Es ist wie eine Platte, die sie auflegt und immer wieder abspult. Aber umbringen würde sie doch keiner."

„Wo waren Sie denn am Freitagmittag und Abend?"

„Ich war in der Gemeinde und habe meine Predigt für heute vorbereitet. Das kann ihnen der Organist bestätigen, der war nämlich auch da."

„Wie lange waren Sie denn da?"

„So, ab 15.00 Uhr. Als ich fertig war und der Organist auch, haben wir zusammen noch denn Messwein ausgetrunken. Gegangen bin ich so um 22.00 Uhr. Der Organist heißt Herr Durst. Hans Durst. Ich kann Ihnen gerne die Adresse geben. Er wohnt auch in Haltingen."

Petra lässt sich die Adresse von Herrn Durst geben und beschließt, dass sie diesen am nächsten Tag aufsuchen wird. Für heute hat sie mehr als genug.

„Halten sie sich bitte zur Verfügung, falls wir noch Fragen haben. Hier ist meine Karte, falls Ihnen noch was einfällt. Ach, ich habe noch eine Frage: Warum wohnen Sie denn nicht im Pfarrhaus bei der Kirche?"

„Das wollte die Hilde nicht. Wissen Sie, sie ist, äh, war ja nicht die typische Pfarrersgattin. Sie wollte nicht, dass die Leute das wissen."

Das kann ich mir denken, denkt Petra, verabschiedet sich von Herrn Schwätzer und macht sich auf den Weg nach Hause. Ob dieser Fall was mit dem anderen zu tun hatte? Die junge, hübsche Patricia, und die alte *Salope*? Petra ist es fast schon peinlich, so etwas von einer Toten zu denken, allerdings hat sich das, was Herr Schwätzer erzählt hat, nicht so angehört, als ob Hilde sich wie eine Nonne aufführen würde. Und da gab es ja noch das rote Bändel. Vielleicht eine eifersüchtige Ehefrau von einem Jean-Marc, Alain oder Fabien? Nur, wie findet man die? Herr Schwätzer hat ja nicht mal die Adresse von der besagten Fabienne, die es vermutlich auch gar nicht gibt. Furchtbar. Siebzig und auf der Piste wie eine Zwanzigjährige. Furchtbar, ganz furchtbar.

***

Zuhause angekommen, füttert Petra die maulende Katze und stellt sich unter die Dusche. Erst 18.00 Uhr und schon stockdunkel. Blöder Winter, blödes Wetter, blöde Arbeit. Alles blöd. Klarer Fall von Übermüdung. Petra schenkt sich lustlos ein Glas Wein ein.

Die Message von David gab es ja auch noch. Aber irgendwie hatte sie keine Lust, zu springen, wenn der pfeift. Sie war schließlich 39, und irgendwelchen Strippern hinterherzureisen- auch noch nach Offenburg- das können die Jüngeren tun. Sie nicht! Das Ganze hatte doch eh keine Zukunft. Gleichzeitig fällt ihr „Richard Gere" vom Vorabend ein. Sie könnte mal die Visitenkarte inspizieren. Sie kramt in ihrem Abendhandtäschchen nach der Visitenkarte. Ah, da ist sie ja: Steffen P., Wealth Management steht da. Ein Banker? Und von dieser Bank hat sie noch nie was gehört. Mal im Internet stalken. Ah, da haben wir die Bank. Und der Typ ist auch noch Mitglied der Direktion. Okay, den könnte man sich mal warmhalten. Sie hat ja irgendwann noch einen Arzttermin in Basel. Wann war der doch gleich? Ah, am 29. November. Da hat sie sich sowieso frei genommen. Und der Weihnachtsmarkt hat dann auch schon auf. Da werde ich dem Typen doch mal schreiben, denkt sie amüsiert. Allerdings nicht gleich und sofort.

Montag, 18. November

Am nächsten Morgen ist Petra um 9.00 Uhr im Büro. Astrid Meier-Vogelsang sitzt schon da vor einer Tasse komisch riechendem Tee und feilt sich die Fingernägel.

„Morgen, hast Du nichts zu tun?"

„Nö, habe alles abgetippt und weitergeleitet. Emails hat es auch keine. Voll langweilig hier. Außerdem muss ich mich schonen, wegen dem Baby."

Petra bleibt die Spucke weg. Sie zieht es aber vor, nichts zu sagen und verschwindet in ihrem Büro. Während sie den Computer hochfährt, fällt ihr ein, dass ihr Bruder heute Geburtstag hat. Soll sie es wagen? Soll sie einen Versöhnungsversuch starten? Oder soll sie ihn einfach ignorieren? Und sie weiß ja gar nicht mehr, wo er wohnt. Nein, sie wird ihm eine Karte schreiben. Dazu benötigt sie die Adresse. Und die kann ihr sicher ihre Mutter geben. Petra hat zwar keine Lust, dort anzurufen, allerdings bleibt ihr nichts anderes übrig. Kurzentschlossen wählt sie die Nummer von ihrer Mutter.

„Marie-Luise Schneider?"

„Hallo, Mama, ich bin´s!"

„Ah, die Petra. Na, hast Du Dich von Deinem Kater von der Vernissage erholt? Das war ja voll peinlich, dass Du da aufgetaucht bist. Ich hatte mich so gut mit Andreas O. unterhalten, und nachdem Du da warst, hat er kaum mehr mit mir geredet. Weil Du soooooo peinlich und hässlich und dick bist. Und dann noch so viel trinkst. Mann, war mir das peinlich. Was denken denn die Leute…"

„Mama, ich bin bei der Arbeit. Lange Rede, kurzer Sinn. Der Äääääändy hat heute Geburtstag, und ich möchte ihm gerne gratulieren, weiß aber nicht, wo er jetzt wohnt."

„Ja, der Äääääándy. Das ist ein toller Junge. Er ist jetzt Geschäftsführer in Zürich bei einer ganz tollen Firma. Und seit er mit der Alexandra zusammen ist, übrigens eine ganz Hübsche, nicht so fett und hässlich wie Du, trinkt er gar keinen Alkohol mehr. Ja, ich weiß nicht, ob ich Dir seine Adresse sagen soll…dann eskaliert es wieder."

„Ich bitte Dich, geht´s noch?"

„Na gut, er wohnt jetzt bei der tollen Alexandra in Lörrach-Haagen in der Röttlerstrasse 12."

„Aber das ist ja fast neben mir".

„Ja."

Die hat ja voll den Schuss. Das zur freundlichen Familienzusammenführung. Und ihre Beleidigungen war Petra schon gewohnt, trotzdem tat es immer wieder weh.

„Also danke Dir Mama. Ich muss jetzt weitertrinken, äh weiterarbeiten. Prost".

Petra schmeißt den Hörer auf die Gabel. Kein Alkohol? Der? Und Geschäftsführer? Petra hatte so eine dumpfe Ahnung, dass da mal wieder viel nicht stimmt. Und wozu ist man denn bei der Polizei? Nach zwei Telefonaten und einem Klick im Polizeicomputer weiß Petra, dass ihr toller Bruder seit September Arbeitslosengeld bezieht und im August dieses Jahres seinen Führerschein wegen Trunkenheit am Steuer verloren hatte. 3,1 Promille. Wie man das ohne Alkohol hinkriegt, ist sehr fragwürdig. Das sind zwar keine schönen News, allerdings muss Petra sich eingestehen, dass ihr die Variante alkoholfreier Geschäftsführer gar nicht gefallen hätte.

***

Nachdem Petra in Haltingen noch bei Herrn Durst vorbeigeschaut hat, der übrigens ziemlich verkatert aussah, aber das Alibi von Herrn Schwätzer bestätigt hatte, hat sie keine Lust mehr. Sie beauftragt den

Arschtritt, das Telefon zu hüten und erklärt, dass sie im Außendienst und auf dem Handy erreichbar sei. Dann beschließt sie, ihrem Bruder eine Karte zu schreiben und ihm einen Besuch abzustatten. Da das vermutlich nicht so gut rauskommen wird, überlegt sie sich einen Plan B. Daheim angekommen, zieht sie ihre Laufklamotten an und macht sich mit ihrer Karte auf den Weg, Es sind gerade mal 500 Meter von ihrer Wohnung. Toll, wir sind ja Nachbarn. Komisches graues Haus, der Opel ihrer Mutter vor der Haustüre. Das war ja klar. Okay, Zähne zusammenbeißen und klingeln. Es dauert einen Moment, dann öffnet Ääääändy die Türe.

„Hallo, ich wollte Dir zum Geburtstag gratulieren! Hier ist eine Karte".

Der Bruder sieht verblüfft aus, sagt nichts. Allerdings riecht er unverkennbar nach Alkohol. Im Hintergrund hört man die Mutter krakeelen.

„Wer iiiiiiist es denn?"

Die Mutter kommt aufgedonnert wie ein Weihnachtsbaum um die Ecke. Auch sie hält ein Glas (alkoholfreien?) Sekt in der Hand.

„Ah, Petra. Wie siehst Du denn wieder aus? Was ist denn das für ein Aufzug?"

„Das nennt sich Lauf-Outfit. Ich trainiere für den Freiburg-Marathon, den ich im April mit MATZE laufen werde."

Das stimmt zwar so nicht, aber dann ärgert sich die Mutter vielleicht wieder ein bisschen.

„Ah, Sport. Ja, das tut Dir gut. Vielleicht nimmst Du dann mal etwas ab. Diese fetten Beine werden in der Hose aber noch betont. Gut, dass Du eine Mütze aufhast, dann erkennt man Dich vielleicht nicht. Was sollen denn die Nachbarn denken. Und jetzt lass uns weiterfeiern. Du störst!"

Sprach es und schlägt Petra die Türe vor der Nase zu. Petra schäumt vor Wut. Na, das war mal wieder eine gute Idee. Nie wieder. Nie wieder. Sie wusste, warum sie die Laufschuhe angezogen hatte. Dieses ganze Adrenalin und die Wut müssen jetzt erst mal raus. Petra nimmt die Beine unter den Arm und läuft eine Stunde an dem Flüsschen Wiese entlang. Der Bach glitzert, ab und zu kommt noch ein Strahl Sonne durch. Sie muss am Haus von Manfred Berger vorbei, dem Radfahrer, derjenige, der die schöne Patricia gefunden hatte. Hoffentlich ist der nicht da und sieht sie, denkt Petra. So fett kann sie ja keinem unter die Augen treten. Nach der Laufrunde stellt sie sich unter die heiße Dusche und ist wieder einigermaßen hergestellt. Ich rufe jetzt Marie an. Sie hofft, dass Marie gerade keine Therapiestunde hatte.

„Psychotherapie Marie Schuhmacher?"

„Hi, Marie, hier ist Petra. Ich hoffe, ich störe nicht?"

„Nö, es hat mir gerade ein Patient abgesagt, und somit habe ich Feierabend. Wollen wir in der Stadt was trinken gehen?"

„Ja, gerne. Um 18.00 Uhr am Wilden Mann?"

„Ja, super, bis dann."

Dr. Marie Schuhmacher hatte ihre Praxis in Basel, Ortsteil Riehen, wo sie auch wohnt. Es gibt so viele bekloppte Schweizer, und die bezahlen viel besser, war ihre Aussage. Allerdings hatte auch sie die Unsitte der Schweizer übernommen, in Deutschland einzukaufen und sich dann mit einem grünen Schein die deutsche Mehrwertsteuer zurückzahlen zu lassen. Deswegen war sie oft in Lörrach, was ja direkt neben Riehen liegt. Der „Wilde Mann" war so mehr oder weniger DIE In-Kneipe in Lörrach an der Ecke am Marktplatz, wo sich DIE wichtigen Typen von Lörrach trafen. Petra kannte Marie ebenfalls wie Susanne aus ihrer Zeit am Kant-Gymnasium in Weil am Rhein. Sie waren DIE drei Musketiere, unzertrennlich seit der Pubertät. Alle drei waren sie großgewachsene Mädels, Susanne damals noch brünett, heute blond,

Marie damals blond, heute rothaarig, und Petra, damals blond, heute blond. Nach dem Studium der beiden anderen verlor sich die Freundschaft etwas, erst jetzt, im hohen Alter von 39 haben sie sich wieder zusammengefunden. Petra war immer noch ein bisschen neidisch auf die beiden anderen, weil die „richtig" studieren haben dürfen und nun einen furchtbar wichtigen Doktortitel trugen. Das gab es halt nicht bei ihr...allerdings hatte sie sich schon mal überlegt, vielleicht doch noch etwas zu studieren. Das kann man auch an einer Fernuniversität tun, also nebenher. Sie musste sich unbedingt mal schlau machen, wie das zu bewerkstelligen ist. Jetzt aber freute sie sich auf das Treffen mit Marie. Ich glaube, ich gehe zu Fuß, denkt Petra. Durch den Park ist es eine halbe Stunde. Wenn ich eine Mütze aufsetze, dann sehe ich eh aus wie ein Mann. Ich kann ja noch die Dienstwaffe mitnehmen...wird schon nichts passieren. Somit kann ich mit Marie ordentlich einen saufen, wie sich das für richtige Alkoholiker gehört. Marie wird eh mit der Tram, der Straßenbahn kommen, die von Riehen bis nach Lörrach fährt. Aus dem gleichen Grund.

„Die Idiotie dieser Welt kann frau nur mit Alkohol ertragen", war eine der Lieblingsphilosophien von Marie. Sie hatte ihre Eltern schon früh verloren, und nach ihren Aussagen sah es bei ihr zu Hause ähnlich krass aus wie bei Petra. Marie musste kellnern gehen, um ihr Studium zu finanzieren, obwohl ihre Eltern genug Kohle gehortet hatten. Aber sie hatte es durchgezogen.

Petra macht sich um 17.30 Uhr auf den Weg durch den Landschaftspark Grütt-zum Wilden Mann. Die Haare unter der Mütze versteckt, die Dienstwaffe im Halfter unter dem Pulli. Als ob ich noch nicht genug gelaufen wäre heute, denkt sie. Hilft sicher gegen fette Beine. Um diese Jahreszeit ist es jetzt schon dunkel. Regnen wird es nicht, laut Wetterbericht. Also, los. Es ist schöner Park zum Laufen, Spazieren, Sonnen. Als Petra am großen See vorüberläuft, kommen ihr drei Typen entgegen. Oha, hoffentlich kein Stress. Sie versucht die Typen, die sichtlich schwanken (um 17.45 Uhr?) zu ignorieren. Verschärft ihren Schritt. Als die Typen auf ihrer Höhe sind, quakt plötzlich einer: „Ey, Alder, wo isn hier das Bauhaus?"

Petra zieht es vor, nicht zu antworten, damit auf keinen Fall herauskommt, dass sie kein „Alder" ist. Sie läuft zügig weiter, hört noch wie ihr einer von den Deppen „Arschloch" hinterherschreit. Auf dem restlichen Weg in die Stadt übt sie mit tiefer Stimme zu sagen: „Das Bauhaus ist da hinten."

Am Wilden Mann angekommen, zieht sie sich als erstes die Verbrechermütze vom Kopf, zieht kurz die Lippen nach und geht herein. Marie steht schon an der Bar, ein Sektglas in der Hand, ins Gespräch mit einem attraktiven blonden Typen. Ups. Ich will ja nicht stören, denkt Petra. Geht aber trotzdem auf die beiden zu.

„Hi, Marie!"

Sie umarmt die Freundin.

„Petra! Du siehst toll aus. Bist Du etwa wieder gelaufen? Das ist Udo, den kenne ich von früher."

„Hi, Udo".

Petra bestellt sich ebenfalls einen Prosecco und mustert Udo aus den Augenwinkeln. Der flirtet definitiv mit Marie. Allerdings identifiziert Petra einen Ehering an der Hand des schönen Udos. Marie war geschieden. Sie war mal verheiratet gewesen mit einem Franzosen, an dessen Namen Petra sich nicht erinnern konnte. Nachdem sie eine Fehlgeburt erlitten hatte, hatte es das Paar nicht mehr zusammen aushalten können. Petra erinnerte sich noch, dass die beiden sogar mal zusammen eine Bar oder sowas Ähnliches in Frankreich betrieben hatten. Aber das war schon lange her. Marie hatte sich damit durch ihre Doktorarbeit gewurstet. Und in der Zwischenzeit noch einen albernen

Männertest für eine Frauenzeitschrift kreiert, welcher zwar nicht super wissenschaftlich war, ihr aber ordentlich Kohle eingebracht hatte.

„Also, Mädels, ich muss gehen", verabschiedet sich der schöne Udo. Viel Spaß noch, ciao!"

Und weg war er. Schade eigentlich, aber nicht nochmals so ein verheirateter Trottel, so schön er auch sein mochte.

„Wie geht es Dir?

„Ach, kotz. Mein Bruder hat heute Geburtstag, dann wollte ich ihm eine Karte vorbeibringen, und die dumme Kuh von meiner Mutter hat mich einfach rausgeschmissen."

„Mmmh. Und, wie fühlst Du dich jetzt?"

„Menno, Marie, lass doch mal Dein Psychologengelaber. Ja, beschissen, fett und hässlich, wie immer".

„Haha. Wenn einer fett ist, dann ich, ich habe schon wieder zwei Kilo zugenommen. Komm, wir trinken noch einen."

„Sag mal, wie kommt denn das Problem mit meiner Mutter und dem Äääääandy?"

„Ich kann es Dir nicht sagen. Es ist aber klar, dass seit dem Mittelalter, und auch in der Antike, immer Söhne bevorzugt werden. Und schau doch die Königshäuser an, da musste auch immer ein Thronfolger her. Mädchen gehen jetzt, im 21. Jahrhundert, aber früher war das ja bis auf Queen Elizabeth kaum möglich. Und Deine Mutter ist schon sehr antiquiert."

„Ähä?"

„Naja, mir ging es ja auch nicht anders. Aber ich glaube, Deinen Aussagen zufolge, dass Deine Mutter langsam auf eine Demenz zusteuert."

„Ja, den Eindruck hatte ich auch schon. Und, was soll ich jetzt tun?"

„Im Moment nichts. Lass sie. Sie wird sich melden. Und noch eines: Deine Mutter kann nicht würdig alt werden. Sie ist eifersüchtig auf Dich. Das gibt es mehr, als man denkt. Sie sieht in Dir sich, als sie in Deinem Alter war. Und jetzt muss sie mit ansehen, wie ihr Körper verfällt- ihr Geist offenbar schon vorher…"

„Naja, lassen wir das. Schön, dass wir uns mal wieder getroffen haben. Du sag´mal, sagt Dir der Name Andreas O. noch was?"

„Allerdings. Ich darf zwar nicht über Patienten reden, allerdings bin ich nicht mehr in der Klinik und was der sich geleistet hat, weiß doch eh fast die ganze Welt. Das war der, der die Rheinklinik vor zehn Jahren abgefackelt hatte. Der müsste in der Psychiatrie sein, oder?"

„Von wegen. Der ist jetzt Künstler und bemalt Steine. Muss ihm irgendeine Kunsttherapeutin beigebracht haben. Anscheinend kann man mit so einem Schwachsinn haufenweise Geld verdienen."

Marie verschluckt sich fast an ihrem Glas.

„Waaaas? Das habe ich dem damals beigebracht. Und welcher Idiot von Psychiater hat den wieder entlassen? Das kann ja heiter werden, wenn der wieder frei rumläuft. Wo hast den gesehen?"

„Auf der Vernissage am Samstag. Er war in Begleitung meiner Mutter. Sah furchtbar aus. Ausgemergelt, Lange Haare. Kaum zu glauben, dass ich mal in den verliebt war, als ich 15 war."

„Waaaas? In den? Das wusste ich gar nicht. Du hattest damals aber einen schlechten Geschmack, oder wolltest Du Deiner Mutter einen hässlichen Schwiegersohn unterjubeln?"

„Nee, der sah damals ganz gut aus. Kurze Haare, etwas fülliger. Was macht eigentlich Dein Liebesleben, wenn ich fragen darf?"

Marie wird rot.

„Ähem, ich treffe mich ab und zu wieder mit Alain…"

„Waaaas? Dein Ex? Ich dachte, Du kannst den nicht mehr sehen?"

„Ja, dachte ich auch…aber so ist es halt. Und bei Dir?"

„Also, über den bekloppten Matze bin ich weg. Dann habe ich mal einen von der amerikanischen Männer-Strip-Gruppe kennengelernt, der schreibt mir ab und zu noch, aber der ist ja nur auf der Reise und in Amerika. Auf der Vernissage habe ich noch einen kennengelernt, aber der ist Schweizer. Du musst mir unbedingt nochmals Deinen Männertest schicken, den Du damals für die Zeitschrift gemacht hattest."

„Ja, klar mache ich. Und jetzt sollten wir aufbrechen. Da hinten stehen zwei Typen, die gaffen die ganze Zeit rüber…"

Petra schaut sich unauffällig um. Zwei Typen prosten ihr zu. Definitiv nicht ihr Fall, und auch nicht der Fall von Marie. Beide bezahlen, und dann geht es ab nach Hause. Petra nimmt diesmal ein Taxi.

Freitag, 22. November

Jürgen zieht das Tuch von der Leiche.
Dunkle, Lange Haare. Etwas fülliger als
Patricia. Vollbusig. Hübsches Gesicht,
bisschen einfach vielleicht. Petra bleibt fast
das Herz stehen. Diesmal keine
Unbekannte. Kein „einfaches" Gesicht. Ein
verschlagenes Gesicht. Und Petra wird grün
im Gesicht. Diese Frau hatte sie zuletzt am
Straßenfest in Weil am Rhein gesehen. Und
jetzt mit rotem Geschenkbändchen um den
Hals…
„Was ist mit Dir?" fragt Jürgen?
„Die ist doch gar nicht so schlimm
zugerichtet."
„Ich kenne sie".
Petra bringt keinen Ton heraus.
„Alexandra. Die Freundin von meinem
Bruder. Scheiße."
Und was macht die Tussi alleine am Rhein?
„Sie hat Laufklamotten angehabt", sagt
Jürgen.
„Ansonsten das Gleiche wie immer.
Erwürgt mit einem Schal, hatte Verkehr
kurz vorher, aber keine Spuren von
Widerstand.
„War die spazieren, oder was?"
„Nee, die Frau war Läuferin, wie wir."
„Gibt's doch gar nicht. Das letzte Mal, als
ich die gesehen habe, war die ganz schön
fett."

119

„Das hat ja nichts zu sagen", meint Jürgen.
Jürgen deckt die Leiche wieder zu und Petra verlässt fluchtartig die Gerichtsmedizin.

Wo ist denn dieser dämliche Bruder eigentlich? Petra greift ihr Handy. Jetzt muss ich es tun. Jetzt muss ich schon wieder der Mutter anrufen. Petra rutscht vor ihrem Computer hin und her. Ich muss hier raus. Das kann noch zwei Stunden warten. Dann muss ich es tun. Und jetzt muss ich erst mal laufen. Ich rufe nochmals Jürgen an, denkt sie:
„Jürgen. Hier Petra. Sag bitte noch keinem was. Mach Deine Obduktion fertig. Ich melde mich in drei Stunden wieder."
„Alles klar. Du musst laufen zum Denken, oder?"
„Allerdings"

„Bin außer Haus."
Astrid Meier-Vogelsang nickt und streichelt ihr Bäuchlein.
Na toll. Ich muss hier raus, denkt Petra. Ich muss hier raus. Ich muss nachdenken. Petra flieht aus dem Büro, springt in den Porsche. Eigentlich darf ich das nicht. Ich müsste Michael informieren und dann müssten wir gemeinsam zu meiner Mutter, um nach meinem Bruder zu fahnden. Der Idiot. Ich muss nachdenken. In ihrem Kopf fängt es an zu rauschen.

Daheim erwartet sie eine miauende Katze. Chica hat die Sonne gesehen, und möchte auf den Balkon. Doch Petra hat keine Zeit mehr für so etwas. Wie in Trance springt sie in ihre Laufklamotten. Nur weg, nur weg. Petra läuft die Wiese herunter. Es ist ein wunderschöner milder Tag, fast wie Frühling. Die Sonne scheint, es hat ungefähr 10 Grad. Die Wiese fährt Hochwasser von den ganzen Regenfällen der vergangenen Wochen. Strandgut wird mitgeschleppt, die Sonne glitzert im Wasser. Petra hat keinen Blick dafür. In ihrem Kopf rast es. Der Killer hat ein neues Opfer erwischt. Alexandra.

Die allerliebste Alexandra. Aber das macht doch alles keinen Sinn. Morde machen anfangs nie einen Sinn. Für MICH würde das einen Sinn machen.

ICH hätte ein Motiv. Ach Scheiße.

An der Weilstraße beschließt Petra, den Weiler Weinweg zu nehmen. Schön steil. Diesmal funktioniert das mit dem Laufen nicht. Der Kopf wird und wird nicht frei. Scheiße. Petra keucht, während sie den Tüllinger hochsteigt.

Es war doch Matze, wegen dem alles eskaliert ist, damals im August. Dummerweise hatte sie ihrem Bruder von der Affäre berichtet. Und der hatte sie dumm angemacht. Und dann hatte ihr Bruder diese seltsame Freundin. Petra hatte einfach ein ganz schlechtes Gefühl bei der

Frau gehabt. Das Verhältnis zu ihrem Bruder hatte sich in den letzten Jahren erheblich verbessert, aber seit er mit dieser Frau zusammen war, hörte sie fast nichts mehr von ihm. Nur noch Gejammer, wenn sie grad mal weg war. Und das Verhältnis zu ihrer Mutter hatte sich extrem verschlechtert, seit ihr Bruder diese Frau hatte. Die Alexandra macht dies Tolles, die Alexandra macht das Tolles, und die beiden sind ja so glücklich und so weiter und so fort. Und alles, was Petra machte, war nicht gut genug. Sicherlich war sie etwas neidisch gewesen auf die große Liebe ihres Bruders. Weil sie selbst nicht daran glaubte. Und wie ist es dann eskaliert?

Matze hatte ein doofes SMS geschickt, Grillen bei Uwe oder so was vermutlich. Petra war genervt, dann schrie sie ihre Mutter an, und dann schrieb sie ihrem Bruder, dass das ach so glücklich Paar jetzt die Verantwortung für die Mutter und deren Haus übernehmen sollten, wenn diese in Ferien ging, denn sie wollten ja schließlich erben. Vor allem die Alexandra.

Und nun war sie tot. An den Reben hängen noch einige blaue Weintrauben. Es war ja auch nie richtig kalt. Die Raben lassen die Nüsse auf die Straße fallen, und warten, bis ein Auto drüber fährt. Schlaue Gesellen, denkt Petra. Dann hat sie es geschafft. Sie steht im Weiler Weinberg und hat einen wunderbaren Rundblick über St.

Chrischona und Riehen, das Basler St.-Jakob-Stadion, welches spätestens seit der EM 2008 jedem ein Begriff ist. Blick über Basel, dominiert vom großen schwarzen Gebäude. Bar Rouge. David, denkt Petra. Es war toll mit ihm. Wie ein Traum. Aber ich muss ihm ja noch schreiben, dass ich nicht komme. Petra läuft durch den Weinberg und denkt, dass sie das letzte Mal hier im Juli gelaufen ist, und damals Sauerkirschen gepflückt hat. Damals, als Matze keine Zeit hatte, wegen seiner Küche. Die Küche. Ach, wir haben jetzt eine kleine Durststrecke für unsere Liebe. Die Küche muss eingebaut werden. Die Küche. Bin ich voll bescheuert? Die Küche der Eheleute Ruth und Matze. Ich kotze gleich. Der hat mich so verletzt. Mit seinen Lügen. Plötzlich ist der Gedanke da. Seine gottverdammten Lügen. Seine elendige Gleichgültigkeit ihr gegenüber. Ruth vorne, Ruth hinten, Ruth in der Mitte. Aber Hauptsache Poppen. Wie ich dieses Wort hasse. Dieses Arschloch. Nicht mit mir. Nie wieder. Nie wieder verheiratete Männer. Die lügen nur. Und wollen nur poppen.

Petra merkt, dass das Laufen heute absolut nichts bringt. Sie kommt mit ihrem Fall nicht weiter und fühlt sich als Versagerin. Da hat ihre Mutter ja mal wieder recht gehabt. Versagerin, Versagerin, sagt die böse Stimme in ihr.

„Ach schau an, wen haben wir denn hier? Offenbar hat die Polizei in Lörrach nichts zu tun…"

Petra fährt herum. Auch das noch. Vor ihr steht: Andreas O., ebenfalls in Laufklamotten. Seine dürren Beine sehen in den Hosen noch dürrer aus, die zotteligen Haare zum Pferdeschwanz zusammengebunden. Wie war das jetzt mit Marie? Was hat der gemacht?

„Ach, lass mich bloß in Ruhe. Musst Du keine Steine bemalen? Und überhaupt, wenn wir uns gerade treffen: ich habe recherchiert und herausgefunden, dass Du in der Psychiatrie warst."

„Oh, Du hast über mich recherchiert?"

„Ja. Ich bin von Beruf wegen neugierig. Ich frage mich nur, warum sie Dich freigelassen haben."

„Ich habe ein Gutachten von mehreren Psychiatern bekommen, dass ich vollständig geheilt bin. Und da ich in der Psychiatrie weitergemacht hatte mit den Steinen, und diese übers Internet verkauft hatte, hatte ich plötzlich ein Einkommen, und da haben sie gefunden, mein außergewöhnliches Talent könne nicht hinter Gefängnismauern verrotten. Schau mal, den habe ich gestern gemacht."

Andreas O. zieht einen Stein aus seiner Tasche. Petra trifft fast der Schlag. Wieder mal das gleiche Thema: handarbeitende Männchen im Weihnachtsmann-Look.

124

„Wieso rennst Du mit einem Stein durch die Gegend?"

„Das macht fit, mit Gewichten zu laufen. Solltest Du auch mal probieren. Man verbraucht viel mehr Kalorien."

„Sehr hübsch. Passend zur Jahreszeit. So, ich muss jetzt heim, duschen und zurück ins Büro. Ciao."

So ein Spinner, denkt Petra. Ob er was mit den Morden zu tun hat? Immerhin hatte er die Rheinklinik abgefackelt. Und ein Motiv hat er wohl auch. Diese ganzen Pimmel-Bilder. So wie der aussieht, kriegt der doch keine Frau ab. Oder etwa doch? Stehen die Frauen jetzt auf dürre Künstler? Und die Alexandra wurde auch am Rhein gefunden. Dort wo der Andreas O. immer seine Steine holt. Ich bestelle den mal ins Büro. Das sind ein paar Zufälle zu viel. Durch die Wut getrieben zieht Petra das Tempo an und läuft weiter. Die Vogesen sind schon schneebedeckt. Damals im Juli hatte sie einen ihrer Dattelkerne in Ötlingen in die Erde gebohrt. Da geh ich jetzt mal gucken, was der macht, denkt sie. Ob der aufgegangen ist. In dem Graben ist nichts zu sehen. Eigentlich sollte ich ganz andere Dinge tun, denkt Petra. Nein, keine Dattelpalme in Ötlingen. Hätte sie auch gewundert.

Dann kommt ihr wieder ein anderer Gedanke. Bezüglich Matze und ihrer Mutter. Immer hatte sie geglaubt, dass eine

Mutter ihr Kind lieben würde. Aber ihre Mutter hatte sie nie geliebt. Ihre Mutter hatte sie immer belogen. Und deswegen hatte sie sich immer so unwohl in ihrer Gegenwart gefühlt. Aber das nützt ihr nun auch nichts mehr. Sie bekam nichts, durfte nicht studieren, aber der Bruder, der durfte alles. Ihre Mutter hatte sie ununterbrochen verletzt, wo es nur ging. Ach, hätte ich nur Psychologie studiert, denkt sie. Statt dieser blöden Polizei-Scheiße. Das habe ich jetzt davon. Beziehungsunfähig. Kinderlos. Kinderlos? Kinder?

Jetzt mal stop. Ihre Mutter hatte sie nur bekommen, weil ihr Vater Affären hatte. Um ihn zu halten. So wie Ruth den Matze mit dem Kind festbinden will. Aber das hat jetzt ja nichts damit zu tun. Ich muss zurück. Ich muss nicht nach ihrer Liebe buhlen. Ich rufe da an, frage wo der Bruder ist, und dann sehen wir mal weiter.

Matze und seine Lügen waren dazu da, um die Wahrheit zu erkennen. Petra durchfährt es wie ein Blitz. Und die Wahrheit tut nun mal weh.

Petra sieht von Ötlingen die Burg Rötteln und den Blauen. Dieser hat keinen Schnee. Jetzt noch eine halbe Stunde. Dann Dusche. Und dann wieder ins Büro.

Petra fühlt sich seltsam erleichtert, als sie aus der Dusche steigt. Zieht sich Jeans und einen Pulli an, föhnt die Haare. Fährt wieder ins Büro.

Astrid Meyer-Vogelsang ist nicht mehr da. Schon klar. Aber dann habe ich wenigstens meine Ruhe, denkt sie. Sie findet ein Mail von Jürgen:

„Die Tote war im 3. Monat schwanger. Ansonsten das gleiche Vorgehen wie bei Patricia Klein. Du kannst zum Identifizieren kommen."

Gut. Nun der Anruf bei der Mutter. Nein, da fahr ich schnell hin. Petra zieht ihre Jacke über und fährt los. Und wenn keiner da ist? Ach, die wird schon da sein. Also, wieder nach Weil.

Während der Fahrt über den Tüllinger überlegt Petra sich die Vorgehensweise. Sie würde erst einmal nichts von der Toten erzählen. Aber zum Bruder müssen wir dann zu zweit gehen. Sie würde jetzt einfach privat da reingehen und schauen, was passiert. Möglicherweise könnte sie aus der Körpersprache der Mutter schon etwas herausfinden. Zum Glück war ich Laufen, denkt sie, als sie auf dem Parkplatz gegenüber dem ungeliebten Haus in Altweil parkt. Ich würde das sonst nicht aushalten.

Petra klingelt. Den Schlüssel hatte sie damals zurückgeschickt. Blumen gießen sollte die Alexandra. Das ging ja nun nicht mehr.

Ihre Mutter öffnet die Tür und schaut sie erstaunt an.

„Hallo, was willst Du denn schon wieder? Und wie Du wieder aussiehst…"

Das kennen wir ja schon, denkt Petra.

„Möchtest Du einen Tee?"

„Ja, gerne".

Ihre Mutter fuhrwerkt in der Küche herum. Während der Tee zieht, schleppt sie Petra ins Wohnzimmer.

„Schau mal, das hat mir Andreas O. vorbeigebracht. Ein vorgezogenes Weihnachtsgeschenk. Sind die nicht klasse?"

Ihre Mutter fördert verschiedene, bemalte Steine zutage. Das Thema, ja, wir wissen es schon. Weihnachtsmänner mit heraushängenden Pimmeln. Super.

Grauenhaft, denkt Petra. Der Typ hat doch nicht mehr alle Latten am Zaun.

„Sehr hübsch, ich sollte wissen, wo der Andreas ist. Also, den Bruder, meine ich."

„Ach, der Andreas, der ist gerade in Miami mit seinem Kollegen. Jaa, der verdient soooo gut als Geschäftsführer. Da kann man sich das halt leisten."

Dann klingelt das Telefon. Ihre Mutter geht dran.

„Ah, Andreas. Was gibt es? Petra ist grad da, möchtest Du später nochmals anrufen?"

Petra spitzt die Ohren. Was haben denn die wieder zu verheimlichen? Dass Alexandra tot ist und wo sie ist, dass weiß die Streife,

Jürgen und ich. Sonst kann das noch keiner wissen.

„Okay, bis später."

Sie legt auf.

Lügen, Heimlichtuerei.

„Und der ruft aus Miami an? Der scheint ja echt genug Geld zu haben. Und zum Frühaufsteher mutiert zu sein. Da ist doch erst früh morgens…"

Oh mein Gott. Was für ein LÜGENverein. Ich halt das nicht mehr aus. Ich geh jetzt. Ich muss hier weg. Sofort.

„Gut, dann geh ich mal wieder. Habe noch eine Verabredung!"

Das stimmte zwar nicht, aber in dem Moment wusste Petra genau, was sie tut. Das, was sie immer getan hat. Schon 24 Jahre lang. Ihre Mutter mit ihren Männergeschichten ärgern. Angefangen mit Andreas O., was für eine Ironie. Schon immer liebte sie es, ihrer Mutter direkt oder indirekt klarzumachen, dass andere Männer sie begehrten.

Und prompt kommt die Antwort:

„Mit wem? Das kann ja nichts Gescheites sein, so fett wie Du bist. Aber egal, die wollen Dich eh nur für´s Bett?"

Genau. Und deswegen geht Petra jetzt wieder. Miami, das glaubt doch kein Schwein.

„Michael. Hier Petra. Wir müssen zu meinem Bruder fahren, ihn abholen und in

die Gerichtsmedizin bringen. Seine Freundin liegt bei Jürgen auf dem Tisch. Röttler Strasse 12 in Haagen. Wir treffen uns dort. Ich komme direkt"
„Alles klar."
Petra fährt los. Auch das noch. Und eine Schadenfreude kann sie sich nicht verkneifen. Diese idiotische Familie. Nur: seine Familie kann man sich nicht aussuchen. Petra rauscht an ihrer Wohnung vorbei zur Wohnung der Alexandra. Michael ist noch nicht da. Petra krümelt ein wenig auf der Straße herum, als Michael heranfährt. Sie klingeln. Nichts geht. Im Inneren des Hauses ist ein wenig Licht zu sehen. Michael und Petra schielen um die Ecke. Eine Silhouette auf der Couch? Bewegungslos? Durch die hereinbrechende Dunkelheit nicht gut zu erkennen. Petra bekommt ein ungutes Gefühl.
„Wir brauchen Verstärkung. Wir müssen da rein."
Sie zückt das Telefon, ruft die Feuerwehr an. In der Zwischenzeit geht sie dann doch mal wieder eine rauchen. Eigentlich hatte sie das Laster schon länger aufgegeben, aber im Moment war ihr gerade danach. Für Notfälle hatte sie immer eine Packung Gauloises in der Tasche.

Die Feuerwehr rückt an, ebenfalls die Streife mit dem unvermeidlichen Mainzelmann. Die Tür wird aufgebrochen. Petra und Michael stürmen ins

Wohnzimmer. Ein ekelhafter Geruch von Alkohol und altem Qualm hängt in der Luft. Auf dem Tisch leere Weinflaschen, ein überquellender Aschenbecher, und ihr Bruder, bewusstlos auf dem Sofa. Michael ruft nach dem Notarzt.

Als dieser heranbraust, eine nette Überraschung: Ennasus hat Notdienst. Sie springt aus dem Auto und eilt zum Sofa.

„Was ist denn hier los?"

„Mein lieber Bruder, der Ääääändy, der hat sich ordentlich die Kanne gegeben. Dafür dass er nie Alkohol trinkt, ist das ein bisschen viel."

„Okay, lass mich mal sehen."

Susanne verpasst dem Bruder mal eine Ohrfeige. Er grummelt vor sich hin, richtet sich auf, fällt wieder um. Dann das gleiche nochmals. Als er Petra erblickt lallt er:

„Hau ab, Du Schlampe", und geht mit erhobenen Fäusten auf sie los. Petra kann gerade noch ausweichen, aber Mainzelmann und Michael schnappen sich den großen Kerl.

„So, Monsieur, das war jetzt der tätliche Angriff auf eine Beamtin. Ob es Ihre Schwester ist, oder nicht, spielt keine Rolle. Sie kommen jetzt mit in die Ausnüchterungszelle, und wenn Ihre

Schwester Anzeige gegen Sie erstatten will, dann geht es gleich in Untersuchungshaft."

„Ja, er hat 3,8 Promille. Machen kann ich da auch nicht viel", meint Susanne und packt ihr Köfferchen. Mainzelmann und Michael legen dem Idioten sicherheitshalber Handschellen an und führen ihn zum Polizeiauto. Als er an Petra vorbeigeht, wirft er ihr einen Blick zu, der ihr das Blut in den Adern gefrieren lässt. Wie von einem anderen Planeten. Tot, böse, traurig, alles gleichzeitig.

Samstag, 23. November

Schon wieder klingelt das Handy. Petra hatte sich am Abend vorher noch einen Schlummertrunk gegönnt und sich auf das Wochenende gefreut. Das mit ihrem Bruder belastete sie nur peripher. Was war denn nun schon wieder los?

„Petra, hier Michael. Kannst Du bitte ins Büro kommen?"

„Ja, klar, was gibt es denn?"

„Das würde ich Dir lieber persönlich zeigen."

„Okay, alles klar."

Petra fährt ins Büro. Michael wartet schon. Auf seinem Schreibtisch ein Umschlag.

„Schau Dir das mal an!"

Aus dem Umschlag fallen ein paar Fotos: Patricia Klein, im Wald, mit einem Schal um den Hals. Tot. Nächstes Foto: Hilde Schwätzer, am Rhein, ein Handtuch um den Hals. Tot. Nächstes Bild: Alexandra, irgendwas um den Hals und tot.

„Wo hast Du das denn her?"

„Wir haben noch die Wohnung Deines Bruders durchsucht, nachdem wir ihn in die Ausnüchterungszelle gebracht hatten. Der Umschlag lag bei ihm auf dem Tisch. So wie es aussieht, ist er der Täter. So leid es mir tut, ich muss Dich von dem Fall abziehen, wegen Befangenheit."

„Aber ich habe doch mit dem Typen nichts zu tun.!"

„Das weiß ich doch, aber Familie ist nun mal Familie. Es tut mir leid. Du hast bezahlten Urlaub, bis dass der Fall gelöst ist. Gibst du mir bitte Deine Waffe und Deine Dienstmarke?"

Freitag, 29. November

Petra hatte sich eine Woche zu Tode gelangweilt. Immerhin, bezahlter Urlaub. Und heute hatte sie mit dem attraktiven Banker aus der Schweiz auf dem Weihnachtsmarkt in Basel abgemacht.

Glockenschlag 12.00 Uhr läuft sie die Steinenvorstadt herab zum Stadtcasino. Die Sonne strahlt vom stahlblauen Himmel. Es hat schon ewig nicht mehr geregnet und es ist eiskalt geworden.

Er wartet schon. Er sieht älter aus, als am Abend. Warum trifft sie sich überhaupt mit ihm? Kontakte können nicht schaden. Schweizer Bankiers sowieso nicht. Gutaussehende Männer kann man immer brauchen. Sie fand ihn sympathisch, deswegen hatte sie ihm gemailt. Das konnte sie aber nur, weil er ihr seine Visitenkarte angedreht hat.
Er schüttelt ihr die Hand.
„Kalt ist´s" und schaut anerkennend auf ihre auberginefarbenen Nägel, als sie die auberginefarbenen Handschuhe auszieht.

Er trägt Anzug und Krawatte und einen Mantel. Sie schlängeln sich durch die engen Gassen des Weihnachtsmarktes am Barfüsserplatz. Es riecht nach Glühwein, und es riecht nach Essen. Irgendwie hatte sie mal Hunger, der ist aber gerade vergessen.

„Ich weiß nicht, wer so einen Kram kauft", meint er.

Sie meint, dass sie es auch nicht wisse und wenn sie was kaufe, das dann meist leider echt teuer ist.

„Schauen Sie, ein Hutgeschäft. Frauen mit Hüten finde ich klasse."

Erst will sie nicht, dann denkt sie „*Why not*", machen wir ein blödes Bild und gehen dann wieder. Sie betreten den Container, der das Hutgeschäft beherbergt. Er hält ihr sämtliche Türen auf, kompletter Gentleman. Innen überall Hüte. Sie war noch nie in so einem Laden. Irgendwie riecht sie, dass das keine Massenware ist.

Es ist so genial. Petra probiert die Hüte an, und er steht einfach nur da und schaut. Sie hat richtig Spaß und denkt ausnahmsweise mal nicht an die Suspendierung und an ihre blöde Familie. Und sie weiß immer noch nicht, ob er sie jetzt schön findet oder durchgeknallt. Sie denkt in dem Moment nicht darüber nach. Versucht es zumindest. Später fällt ihr ein, dass er genauso schaut, wie Richard Gere, als Julia Roberts einkaufen ist. Einfach nur entspannt. *Pretty Woman.*

„Was kostet sowas?"

Das Mädel nimmt einen Hut von der Vorrichtung und schaut nach.

„187 Schweizer Franken".

Schluck. Mittlerweile ist Petra angefressen und will so einen Hut haben.

„Haha. Sagte ich doch. Ich will nie was kaufen, und wenn ich dann was kaufe, ist es schweineteuer. Ob die Kreditkarten nehmen?"

„Ja, schauen Sie, da ist ein Gerät."

Wenn nicht, muss er es auslegen und ich gebe es ihm dann zurück, irgendwie, denkt sie. Oh Scheiße, Schweizer Bankiers und Geld und ich. Ich habe keine Ahnung, was zu tun ist. Soll ich wollen, dass er mir den Hut kauft? Bloß nicht, auf keinen Fall. Das ist Sex-Objekt-Niveau. Und das weiß er. Sie kann sich den Hut leisten. Der Pflichtteil aus dem Erbe ihres Vaters war ausbezahlt worden und sie hatte sich außer Laufklamotten schon lange nichts mehr zum Anziehen gekauft. Der Nerzmantel von Oma, die 2004 mit 92 Jahren gestorben ist, benötigt dringend etwas Farbiges. Auch trägt ihre Mutter oft und gerne Hüte und war für ihre Eleganz bekannt. Allerdings wollte sie nicht alles nachmachen, was ihre Mutter machte. Das Verkäuferinnen-Mädel und ihre hochgewachsene Kollegin sind voll begeistert von Petra und dem Hut. Richard Gere schweigt und genießt (Petra hat keine Ahnung, aber er mault zumindest nicht).

Petra überlegt, ob da roter Lippenstift dazu soll.

137

„Unbedingt", meint er.

„Ja, aber wie krieg ich das hin, dass ich das Zeug nicht an den Zähnen habe?" (an die Mädels gerichtet)

„Auftragen, Klopapier dazwischen pressen und dann so" sagt die Verkäuferin und steckt sich den Zeigefinger in den Mund und zieht ihn blitzartig heraus.

O weh, denke ich, was für eine Geste. Und das vor einem Mann.

Er zuckt nicht mit der Wimper. Er ist einfach nur cool. Vielleicht ein winziges Schmunzeln?

„Stimmt" sage ich, „so hab´ ich das früher auch immer gemacht."

Als ich ein Teeny war, denkt Petra.

Petra bezahlt den Hut und bekommt Panik, weil sie keine Ahnung vom Pin Code ihrer Kreditkarte hatte und fragt, ob man auch mit Unterschrift bezahlen könnte. Das funktioniert. Sie wühlt hektisch in ihrer Tasche, nervös, weil sie auf fremdem Terrain ist: Luxus-Shopping. Ist aber nicht lebensbedrohlich. Meistens jedenfalls nicht.

Er besteht darauf, dass sie den Hut unbedingt tragen soll. Ansonsten trägt sie eine weiße Steppjacke vom Jungfraujoch, welches sie irgendwann mal besucht hatte. Mit wem eigentlich? Verdrängt. Dazu Jeans und braune Lederstiefel.

In Basel starren sie alle an. Irgendwann ist ihr das egal. Sie laufen weiter. Eng nebeneinander. Sie rempeln sich dauernd an. Es ist aufgeladen von Erotik. Findet er sie toll? Findet er sie durchgeknallt? Ist das wichtig?

Sie siezen sich noch immer.

Dann laufen sie gemeinsam zum Münster hoch. Sie fühlt sich gut, würde ihn am liebsten küssen. Ach ja, und es ist doch immer so: wenn es ihr so geht, dann geht es ihm auch so. Das ist diese wahnsinnige, verzauberte Stimmung vor dem ersten Kuss. Wenn er sie jetzt küssen würde, würde sie umfallen. Es kribbelt und es brennt. Sie brennt und fragt sich gleichzeitig: Wie bescheuert bin ich denn? Ich bin doch keine 15 mehr.

In der Klosterberggasse fragt er sic, warum sie Single sei. Auf stundenlange Abhandlungen verzichtet Petra. Sie sagt einfach, dass sie noch nicht den Richtigen gefunden habe.

„In einer Ehe ist auch nicht immer Sonnenschein."

„Nein, natürlich nicht", sage sie.

Er hat also eine Beziehung, gibt aber nicht viel preis. Er verrät nicht, wie alt er ist. Wahrscheinlich hat er ihr Alter. Etwas älter möglicherweise.

„Ich bringe das schon noch heraus", sagt sie.

„Das befürchte ich", meint er.

Er weiß, wie alt sie ist.

„Für einen Schweizer Bankier ist so etwas einfach", meint er.

Natürlich, denke sie. Der hat mich gestalkt.

„Und für eine deutsche Polizistin ist das ebenso einfach", grinst sie.

„Ach, Sie sind bei der Polizei?"

„Ja, Mordkommission, habe aber im Moment..äh…Urlaub. Ist sowieso nichts los. An Weihnachten wird nicht gemordet. Weihnachtsfrieden wie beim Finanzamt."

Gleichzeitig denkt sie, wie frau nur so einen Blödsinn rauslassen kann. Muss an den Hormonen liegen.

Es ist immer noch spannend. Ihr ist auch nicht mehr kalt. Sie genießt seine Nähe und sieht weder Weihnachtsmarkt noch Münster. Sie hat auch gar keine Lust mehr, Fotos vom Münster zu machen. Was zählt, ist der Moment, im Hier und im Jetzt. Punkt.

„Schön warm hier in der Sonne."

Sie stehen auf dem Münsterplatz herum.

„Ich weiß nicht, wann es das letzte Mal geregnet hat" sagt sie und korrigiert sofort „Doch, letzten Sonntag am Morgen. Ich wollte noch eine Pflanze umtopfen, und dann fing es an. Ich hab´s dann in der Küche gemacht."

„Ich weiß nicht mehr, was ich letzten Sonntag gemacht habe" meint er.

„Was hat man eigentlich davon, mitten in der Stadt zu joggen?"

Jogger rennen mit bierernsten Mienen in neonfarbenen Outfits durch den Weihnachtsmarkt.

„Ich habe keine Ahnung", antwortet sie.

„Da geht man doch lieber in die Natur, aber ich finde es immer schrecklich, wenn ich joggen muss."

„Wieso muss jemand joggen?" fragt sie?

„Einmal im Jahr ist im Tennisclub ein Sponsorenlauf," meint Richard Gere.

Er schlägt vor, ins Café Isaak am Münsterplatz zu gehen und etwas zu essen. Ist eine urige Beiz mit Holztischen. Trotzdem viele Krawatten unterwegs. Schweizer Preise. Italienisch angehaucht. Wahrscheinlich weiß er, dass sie grantig wird, wenn sie nichts isst. Wahrscheinlich hat er selber Hunger. Er ist der komplette Gentleman. Nimmt ihr die Jacke ab, hält ihr die Tür auf. Wenn Schweizer eins können, ist es Geld machen und Schokolade und Uhren und Käse. Irgendwie schon ganz schön viel. Und er sieht halt auch gut aus. Dunkelblondes Haar, kurz, sicherlich maßgeschneiderter Anzug (das würde Mama vielleicht besser wissen). Auffallen tun ihr die Manschettenknöpfe. Super elegant. Die waren richtig teuer.

Sie bestellen Kürbissuppe. Petra trägt zufällig einen roten Pulli und bestellt ein Glas Prosecco. Mit rotem Hut MUSS frau Prosecco trinken. Er trinkt Wasser, weil er am Abend noch Weihnachtsfeier hat und dort viel trinken MUSS.

Aha.

Niemand muss trinken…

Und Petra macht jetzt mal die Dame.

Er erzählt nicht so viel, und hat er hat es auch nicht sonderlich eilig, zur Arbeit zurückzukommen. Er wohnt in Binningen in Baselland.

Richard Gere bezahlt natürlich, und fragt, ob sie zufällig einen Franken hätte. Sie glaubt, alles hat insgesamt 30,40 CHF gekostet. Ist er jetzt geizig? Eigentlich war der Kellner nicht sonderlich zuvorkommend, die Preise stolz, und sie findet, er hat recht, wenn er dann kein oder wenig Trinkgeld gibt. Ein Großgekotzter hätte mit einem Hunderter bezahlt und gesagt, behalten Sie den Rest…Irgendwann während dem Essen hat er sich an die Nase gefasst. So wie Petra das immer macht, wenn sie unsicher ist.

Mehr Negatives kann sie beim Besten Willen nicht mehr über ihn sagen

Dann laufen sie in Richtung Aeschenplatz, wo sein Arbeitsplatz ist.

„Wo haben Sie geparkt?

„Im Steinenparking.“

„Dann müssen Sie da entlang.“

„Ich weiß, und wo war nochmal Louis Vuitton?“

In der Freien Straße. Volles Kontrastprogramm Laufklamotten und Büroutfit. Hut darf Frau im Restaurant und in der Kirche immer auflassen. Alle glotzen sie an. Sie findet sich schrecklich unsicher. Er sagt, dass sie alle anstarren, weil sie so toll aussieht. Sie machen kindischerweise noch ein Selfie mit der Kamera. Dabei nimmt er sie in den Arm…au Mann. Eigentlich hätte der Roche Tower im Hintergrund sein sollen, aber das haben sie dann doch nicht geschafft. Ich sehe wieder besoffen aus, denkt Petra. Liegt ganz einfach daran, dass sie die Augen vor der Sonne zusammenkneift.

Als sie vom Münster die Rittergasse hochlaufen, sieht sie fast gar nichts mehr. Sie spürt seine Nähe, sie spürt, dass er ihre sucht. Keiner traut sich. Und irgendwie macht sie das noch mehr an. An der Ecke Dufourstrasse vor der Wettsteinbrücke verabschieden sie sich.

„Wie ist das jetzt eigentlich? Der Ältere oder die Dame?", frage ich.
„Immer die Dame", antwortet er.
„Also, ich bin Petra"
„Steffen"
Er nimmt sie in den Arm und drückt ihr drei Schweizer Bussis auf die Wange. Petra plappert weiter. Irgendwie plappert sie immer, und es gibt noch so viel zu sagen. Irgendwann verabschieden sie sich

143

nochmals und sie bekommt nochmals drei Bussis.

„Wir hören uns" sagt er.

Sie ist verwirrt. Hören?

„Wir schreiben?"

Mit dem roten Hut auf dem Kopf entschwindet sie schnurstracks zu Louis Vuitton. Leider haben die einen roten Schal, passend zu Hut und Nerz. Die Kreditkarte glüht. Ihr doch egal. Sie hatte richtig viel Spaß.

Petra fährt selig nach Hause. Es ist so ein schöner Nachmittag. Die Sonne scheint, der Roche-Tower ragt stolz neben ihr, als sie auf der Autobahn fährt.

Zu Hause raucht sie ausnahmsweise noch eine auf dem Balkon, dann begutachtet sie ihre Schätze. Die schönen Fotos, die schönen Kleider.

Dann schreibt sie ihm eine Mail, bedankt sich für den schönen Nachmittag und wünscht ihm viel Spaß auf der Weihnachtsfeier. Und dass sie sich auf ein Wiedersehen freuen würde.

Sie sollte ihm nie wieder begegnen. Was sie genau falsch gemacht hat, weiß sie nicht. Weiß sie noch nicht. Jedenfalls antwortet er nicht auf ihre Mails, antwortet nicht auf ihre Weihnachtskarte. Er einzige Grund, der ihr noch einfällt, ist, dass er eben verheiratet ist und sich eventuelle Probleme ersparen möchte. Es ist doch zum Kotzen. Immer die

Verheirateten. Aber Männer sind eben wie
Toiletten: entweder beschissen oder besetzt!

Sonntag, 1. Dezember

Petra hatte den Samstag damit verbracht, albernerweise von Steffen zu träumen und ihre Wohnung weihnachtlich zu dekorieren. Sie hatte im Baumarkt eine kleine Nordmanntanne gekauft, welche sie liebevoll in einen schönen Blumentopf gesetzt und mit roten Kugeln dekoriert hatte. Das Teil sitzt nun vor ihrer Eingangstür in ihrer Wohnung und sie freut sich jedes Mal, wenn sie von ihren Läufen zurück kommt. Mittlerweile hat der Frost Süddeutschland fest im Griff, und lange würde sie nicht mehr laufen können, oder besser wollen. Unter minus fünf Grad fällt ihr das Atmen schwer, und das Laufen wird eher mühsam.

 Sie hat sich halbwegs an das „arbeitslose" Leben gewöhnt und es sich auf der Couch mit einem noch niveauloseren Buch bequem gemacht. Hauptsache, es lenkt einen ab. Dann klingelt es an der Haustüre. Unmutig steht Petra auf. Wer könnte das denn wieder sein?

Vor ihr steht: ihre direkte Nachbarin von links, Frau Ruxandra Romanescu, eine Rumänin. Man muss dazu sagen, dass Petra in einem Mehrfamilienhaus lebte, in dem zehn Parteien wohnten. Die Wohnungen sind verbunden durch eine Laube, durch die das Treppenhaus führt. Petra fand ihre

Nachbarn nicht besonders prickelnd, gleichzeitig war sie eh meist nicht zu Hause, somit entfiel der tägliche Kontakt. Jetzt, durch ihre Suspendierung, hat sich das allerdings etwas geändert. Ihr fielen so einige Marotten der lieben Nachbarn auf. Zum Beispiel pflegte die Romanescu einen eigenwilligen Stil, was Pflanzen anging. Man sah auf ihrem Balkon einige Plastikpflanzen. Leider grenzte der Balkon direkt an den von Petra, und im Sommer, da pflegte die Romanescu fleißig fetttriefendes Zeug zu grillen. Petra wunderte sich immer, wo die das Zeug hinsteckte, so mager wie die Alte war. Gut, alt nicht direkt, so zwischen 50 und 60. Wahrscheinlich war es ihr Part-time-Lover, ein hässlicher Fritze mit ungepflegter Lockenmähne, der am Wochenende mit seinem hässlichen VW-Bulli einfuhr, der das ganze Zeug vertilgte. Jetzt steht also Frau Romanescu wutschnaubend vor der Türe.

„Hören Sie, Sie müssen diesen Stolperstein hier entfernen!"

Petra schaut verständnislos.

„Ich meine die Tanne. Sie stört meine Bewegungsfreiheit?"

„Hallo? Die Tanne steht vor meiner Haustüre. Der Gang ist mehr als drei Meter breit, da werden Sie wohl durchkommen."

„Nein, das stört mich. Ich will, dass das Ding verschwindet."

„Ich will auch manches. Zum Beispiel nicht im Sommer von Ihrem Grill eingestunken werden."

„Ah, mein Grill", erbost sich die Rumänin.

„Dann werde ich im Sommer noch einen größeren Grill kaufen, und JEDEN Tag grillen, wenn Sie die blöde Tanne nicht entfernen."

„Tun Sie das, aber dann werde ich rechtlich gegen Sie vorgehen. Grillen kann nämlich beschränkt werden auf ein paar Mal im Jahr mit vorheriger Ankündigung. Wenn Sie mögen kann ich Ihnen die Gerichtsurteile raussuchen. Oder besser, mein Anwalt schickt Ihnen was", blufft Petra, die gar keinen Anwalt hatte.

„Mit Ihnen rede ich nicht mehr. Mein Bruno wird die Tanne entfernen und ich werde rechtlich gegen Sie vorgehen."

„Wenn Ihr Bruno meine Tanne anrührt, ist er wegen Sachbeschädigung oder Diebstahl dran."

Damit schlägt Petra der Frau aus Transsylvanien die Türe vor der Nase zu. So ein Kindergarten, denkt sie. Die hat ja wohl ein Rad ab.

Dann klingelt das Telefon.

„Hallo?"

„Hi, Petra. Hier ist Matze."

Matze, der Depp. Oder ihre Liebe des Sommers? Den, den sie auf den Mond geschossen hatte. Leider befindet sich Petra in einer eher labilen Phase und muss sich eingestehen, dass sie der Anruf freut bzw. sie ablenkt.

„Hi, was gibt es?"

„Guten Morgen, meine Schöne".

„Hallo, nochmals."

Petra wollte zwar frostiger klingen, allerdings war seine Stimme auch unschlagbar erotisch. Die pure Verführung. Nein, aus ihrem Leben streichen konnte sie ihn nicht, ihn als Flachzange bezeichnen nützte auch nichts, aber diese Bezeichnung war doch nett.

„Was machst Du so? Bist Du sehr beschäftigt?"

„Ich schreibe einen Bericht, warum?"

Petra seufzt. Sie wusste nun genau, was kam. Er würde es wieder probieren.

„Habe eine verrückte Idee. Ich habe da im Sommer bei Dir in der Ecke Schlittschuhe gesehen."

„Ja, die stehen da schon ewig herum. Hat mir die Oma geschenkt, als ich 12 war, oder so. Warum?"

„Fährst Du noch?"

„Nein, natürlich nicht, obwohl es mich mal reizen würde. Die stehen auch nur oben, weil wir mal diese idiotische Weihnachtsfeier im „Barcode" hatten, wo diese bescheuerte Plastikeisbahn aufgebaut war."

„Ich denke, dass der See im Grütt gefroren ist", sagt Matze.

„Und das Licht jetzt ist umwerfend, mit dieser Sonne. Ich möchte gerne fotografieren"

„Weißt Du, wie kalt es ist?" fragt Petra.

„Minus 15, ich weiß. Nur wenn Du magst."

Igitt. Schlotter. Doch dann überwiegt die Neugier. Kann ich das noch? Damals war ich so oft mit Marie im Eglisee in Basel. Wir sind jede Woche miit dem Fahrrad dahin gefahren und haben unsere Kunststückchen geübt. Und warm waren die Winter damals auch nicht.

„Okay, ich komme. Brauche eine halbe Stunde. Ich laufe."

Unabhängigkeit. Ihn bloß nicht in die Wohnung lassen. Mal frische Luft kann nicht schaden, denn joggen ging nicht mehr und Ablenkung von der blöden Rumänin wäre auch nicht schlecht.

Was ziehe ich an? Es ist wirklich bitterkalt. Skianzug. Skianzug wird das Beste sein. Und zwei Laufpullis drunter.

Schnell etwas Olivenöl ins Gesicht, Mütze auf, und los. Petra tritt aus dem Haus und wundert sich, dass sie die Kälte nicht erschlägt. Es ist wunderbar klar, die Sonne ist heute Morgen wie immer im Osten aufgegangen. Im Osten über dem Bühl. Bei der Sommerhalter-Villa. Die ja keine ist. Aber den Gedanken bekommt sie trotzdem nicht weg. Ich muss das einfach zulassen, dass der in mein Leben getreten ist, mein

Leben etwas verändert hat, aber so sehr nun auch wieder nicht, denkt sie War ja auch schön im Sommer, und jetzt ist eben Winter. Eisiger Winter. Und die Sonne steht nun im Süden, und sie hat mal wieder eine Verabredung mit DEM. Ist ja nur zum Sport, belügt sie sich selbst. Vielleicht könnte man Freunde bleiben.

Trotzdem denkt sie an die Vormittage im Sommer zurück, als sie oft vor der Arbeit an der Wiese laufen gegangen ist. Damals konnte ich das schöne Licht nicht fotografieren, denn beim Joggen geht das ja nicht. Aber jetzt kann ich. Die Stimmung ist einmalig. Das Flüsschen Wiese glitzert. Einige Entchen hüpfen auf dem Eis herum. Aus der Ferne hört man einen Specht morsen. Petra geht an zwei Spaziergängerinnen mit Hunden vorbei. Ansonsten ist es still. Ab und an ein mürrischer Radfahrer. Petra hasste Radfahren. Fast hätte sie sich im Sommer zum Triathlon überreden lassen. Zum Glück hatte sie das nicht getan. Petra überquert die Holzbrücke im Grütt. Es ist auch schön alleine. Dann liegt der See zugefroren vor ihr. Ein wunderbarer Anblick. Kein Mensch zu sehen. Matze ist noch nicht da. Petra prüft das Eis mit einem Fuß. Ob mich das trägt? Was tun, wenn ich einbreche? Ach was, *no risk, no fun.* Petra tappst vorsichtig über den See zum Steg. Unter sich sieht sie die Seerosenblätter. Ob der See tief ist? Sie war eine gute Schwimmerin, aber das bringt vermutlich nichts im Eismeer. Dann setzt sie sich auf den Steg. Und zieht sich einen Schlittschuh an. Auf der anderen Uferseite fährt ein Auto mit Anhänger und Grünschnitt. Oh Mann, die Typen von der Stadt. Das Auto fährt um den See, und nähert sich der Stegseite mit dem Schilf. Petra sitzt immer noch auf dem Steg, ein Schlittschuh an den Füssen. Dann hält das Auto. Ein Mann steigt aus.

„Guten Tag, Sie wissen aber, dass man das Eis nicht betreten darf?"
„Ja ja, ich sitze ja nur hier."
„Ja, aber, Sie haben einen Schlittschuh an."
„Och, der ist nur zur Deko."
„So, so. Das Eis ist dünn, und sehen Sie, da hat es schon Spuren von Leuten. Die laufen da schon drauf rum."
„Echt jetzt? Nein, ich fotografiere nur hier."

Petra hätte gute Lust, dem Typen ihre Dienstmarke unter die Nase zu halten, aber die hatte sie ja nicht mehr. Wäre ja auch unangebracht gewesen. Denn sie war ja nicht im Dienst. Mal sehen, wer den längeren Atem hat, denkt sie. Der Typ hatte nur einen Pulli an, sie sitzt mit Skianzug und Mütze gemütlich auf dem Steg. Sie hatte recht. Der Typ steigt wieder ins Auto und fährt davon.

Endlich kommt Matze mit der großen Kamera. Er überquert die Eisfläche mutigen Schrittes.

„Morgen, mein Schatz."

Er küsst sie auf den Mund.

Was hat denn der eingeworfen?

„Äh, ich dachte, damit sind wir durch?"

„Ach, Petra, Du kannst mich doch auch nicht vergessen", sagt der arrogante Heini, der ebenfalls eine rote Skijacke mit Kapuze trägt Sieht ein bisschen nach Rapper aus, denkt sie.

Petra nervt sich schon wieder. Sie hatte ihre Gründe gehabt, warum sie mit dem Deppen Schluss gemacht hatte.

„Kein Problem, ich krieg auch so meine Bilder."

Es sieht wirklich traumhaft aus. In der Ferne auf dem Hügel thront Burg Rötteln, angestrahlt von der Sonne. Der See glitzert. Die Landschaft weiß, erstarrt, der Himmel eisblau. Nie wieder ist der Himmel so klar, denkt Petra. Auch der Winter hat so viel schöne Seiten. Früher war sie immer ein Sommerkind.

Klick, klick, klick. Matze lässt die Kamera rasseln.

„Was ist jetzt mit Deinen Schlittschuhen? Willst Du hier sitzen bleiben und anfrieren?"

„Nö, ich warte nur, ob die Typen von der Stadt nochmals kommen. Die haben mir vorhin erklärt, dass man das Eis nicht betreten darf. Ich will ja nicht betreten, ich will schlittschuhfahren"

Petra zieht sich den zweiten Schlittschuh an.

„Wenn ich einbreche, machst aber noch ein Foto, gell. Beziehungsweise: Erst Notruf, dann Foto."

Petra stellt sich auf das Eis. Ob das wirklich hält? Gut, Matze ist auch drüber gelaufen, der ist ja etwas schwerer. Petra schwankt auf dem Schlittschuh. Früher war es auch so kalt. Als sie Abitur gemacht hatte. Da war sie hier schon einmal Schlittschuh gefahren. Und ihre Oma war auch dabei. In ihrem Nerzmantel.

Wie Radfahren, das verlernt man auch nie. Es geht schon besser. Petra wagt sich etwas weiter. Das Eis ist spiegelblank, die einzigen Spuren, die zu sehen sind, sind die von Petra. Ein paar Holzstückchen liegen herum. Ansonsten fährt es sich wunderbar. Petra peilt die Nordecke des Sees an. Dort befindet sich rechts ebenfalls noch eine undichte Stelle. Schon etwas gefährlich. Aber *no risk, no fun.* Dann fährt sie in die Südhälfte. Die Schritte werden länger und gleichmäßiger. Das macht richtig Spaß, denkt sie. Einzelne Spaziergänger mit Hunden bleiben am Ufer des Sees stehen und schauen. Ein Hund will unbedingt auch auf´s Eis und darf nicht. Rückwärtsfahren war damals noch was. Petra dreht einen Halbmond, und probiert. Auch das geht noch. Das Eis scheint wirklich fest zu sein, und die Typen von der Stadt sind zum Glück nicht mehr zu sehen. Matze mit seiner Kamera ist auch fast vergessen. Petra beginnt, eine Pirouette zu drehen. Marie wäre stolz auf mich, denkt sie. Das muss ich ihr unbedingt erzählen. Den Matze kann man ja unter den Tisch fallen lassen. Petra versinkt in den früheren Jahren. Das war damals schön, mit Marie. Immer zum Eglisee sind sie zum Eislaufen gegangen. Mit dem Fahrrad dort hingefahren. Und Oma hat ihr die Schlittschuhe geschenkt. Oma hatte immer Verständnis. Ihre Mutter war gegen Schlittschuhe, gegen das Gymnasium, gegen Barbiepuppen, gegen alles eigentlich was Spaß und Sinn macht. Und im Schwimmbad hat Petra sich immer auf die liebevollen Brötchen von Tante Erika´s Kühlbox gefreut. Tante Erika war die Mama von Susanne.

Gut, dass ich meine Mutter jetzt durchschaut habe, denkt Petra. Tut zwar immer noch weh, aber es lässt sich besser leben damit. Vor allem stressloser.

Im August hatte Petra Marie wieder getroffen. Obwohl Marie immer in Weil gewohnt hatte. Sie waren damals so eng befreundet gewesen. Verbrachten fast jeden Tag zusammen. Gingen im Sommer ins Freibad, und im Winter Eislaufen. Und zwischendrin hatten sie immer Barbie gespielt.

Petra hatte unbedingt ihre alte Barbie wieder haben wollen. Deshalb ist sie im August zu ihrer Mutter gefahren und musste feststellen, dass ihre Mutter die Barbie verschenkt hatte.

Ohne sie zu fragen. DAS war der Auslöser für den großen Krach mit ihrer Mutter und dem zusätzlichen Streit mit dem Bruder. Der allerdings dann schon ein bisschen durch den Frust mit Matze verursacht wurde.

„Ich bin sicher, dass Oma da oben im Himmel herunterschaut und sich mit mir freut", ruft Petra Matze zu, der auf dem Steg sitzt. Sie macht mal eine Pause.

„Jetzt mal was ganz anderes. Ich muss Dir mal von meiner bekloppten Nachbarin erzählen. Die, die uns im Sommer immer mit ihrem Grill zugestunken hat."

„Die mit dem hässlichen Typen, der ab und an unfähig Rasen gemäht hatte?"

„Genau die. Die ist jetzt mal wieder gegen meinen Weihnachtsschmuck. Sie will mich verklagen."

„Die ist doch bekloppt. Komm, wir gehen noch ein bisschen zu Dir, dann können wir ja wieder ordentlich Lärm im Schlafzimmer machen, dann kann sie wieder eifersüchtig klopfen. Ihr doofer Heini kann sicher nicht so gut poppen wie ich."

Kotz, würg, ich will hier weg, denkt Petra. Nein, sie versteht nicht mehr, warum sie sich jemals mit Matze eingelassen hatte, warum sie seine komische Stimme und seine komische Sprache erotisch gefunden hatte und warum sie jetzt hier mit ihm in vermeintlich romantischer Stimmung auf dem Eis steht.

„Ich dreh noch eine Runde, dann muss ich wieder arbeiten gehen", lügt sie.

Langsam wurden Petra´s Füße in den dünnen Nylons kalt. Minus 15 sind halt minus 15. Noch eine Runde, und dann lassen wir es gut sein. Das Eis hält, ich muss nur die Löcher umfahren. Petra holt aus, und wagt sich nochmals etwas näher an den Wasserzufluss. Unter ihr sieht sie die Seerosenblätter. Zisch. Noch eine Runde. Oh, da ist was Rotes. Ein Goldfisch? Nein. Hä?
Was ist denn das? Ein roter Klumpen hängt eingefroren zwischen den Seerosenblättern. Sicher eine Kiste. Komisch. Nein. Das ist eine Person! Petra kann nun im Sonnenlicht einen Kopf mit dunklen Haaren erkennen, und um den Hals…neiiiiiiiiin. Ein rotes Geschenkbändchen.
„Matze!"
Petra winkt aufgeregt mit den Armen. Matze läuft über das Eis zu ihr hin. Ihr Puls rast. Ihr Hirn setzt aus.
„Was ist das?"
„Keine Ahnung."

„Das sieht aus, wie eine Person."
Matze guckt ratlos. Und dann fängt Petra´s
Hirn an zu rasen. Eine Leiche. Schon
wieder eine Leiche? Und schon wieder
Matze? Das kann nicht sein.
„Du musst sofort verschwinden".
„Warum?"
„Weil ich die Streife anrufen muss. Und
wenn Du schon wieder dabei bist, als eine
Leiche gefunden wird, dann ist das mehr als
verdächtig. Geh einfach. Ich war alleine
hier. Aus Spaß."

Matze schaut verdattert, geht aber dann los.
„Ich warte 10 Minuten, dann rufe ich die
Streife."

Sie sieht ihn noch davonlaufen.
Was für eine Scheiße. Kann das Zufall
sein? Schon wieder mit ihm? Und warum
hatte sie ihn weggeschickt? Weil sie sicher
ist, dass er nicht der Mörder ist. Das ist
einfach nur Zufall, dass der immer von der
Partie ist. Oder belügt sie sich wieder
selbst? Hat sie ihn weggeschickt, weil sie es
nicht ertragen könnte. Einen Mörder als
Lover gehabt zu haben? Nee, Matze war
zwar ein bisschen arrogant und
selbstverliebt, aber ein Mörder war der
nicht. Außerdem sitzt ihr Bruder hinter
Gittern, der ist der Mörder. Aber jetzt ist
wieder eine Leiche da, und der Bruder sitzt
seit ungefähr zehn Tagen. Kann die Leiche
hier schon so lange liegen? Das müsste
Jürgen wissen. Also, Matze war es nicht,

und sie war froh, ihn weggeschickt zu haben.

Petra holt ihr Handy.

„Schneider hier. Ich bin ziemlich sicher, dass ich im Eis des Grüttsees eine tote Person gefunden habe. Schickt mir sofort eine Streife, am besten auch das THW oder die Feuerwehr oder was auch immer. Wir müssen die aus dem Eis ziehen."

Es geht keine 2 Minuten bis Petra den Streifenwagen hört. Petra winkt, der Wagen fährt direkt an den Wasserzufluss des Sees. Mainzelmann und Müller springen heraus. Auch das noch, denkt Petra. Immer die zwei Matschköpfe.

„Feuerwehr kommt."

„Ist ja nicht eilig. Lebendig wird der nicht mehr."

Dann bemerkt sie die irritierten Blicke der Streifenpolizisten.

„Wieso haben Sie Schlittschuhe an?" fragt Mainzelmann. „Das ist doch verboten."

„Ich bin nicht im Dienst, wie Ihr seht, und ich wollte nur fotografieren. Bis mir das ungewöhnliche Licht aufgefallen ist. Und das Loch im Eis mit dem Roten. Dann bin ich losgefahren."

„Aha, und vorher haben Sie noch stundenlang Pirouetten geübt? Es hat nämlich jemand bei uns angerufen gemeldet, dass eine Eiskunstläuferin verbotenerweise auf dem See übt. Wir hatten nur keine Lust wegen so einem Scheiß rauszufahren, waren gerade beim Kaffee trinken", meint Müller.

„Das war ich nicht", meint Petra, und keiner glaubt ihr. Naja, die Beweisfotos hatte Matze auf seiner Kamera, und der wird sie schon nicht zur Polizei tragen. Sie sieht schon die Schlagzeilen:

„Suspendierte Polizistin fährt verbotenerweise Schlittschuh auf dem Grüttsee und findet eine Leiche."

Sie hoffte, dass Matze schlau genug war, um seine bescheuerte Fresse zu halten. Nur ein einziges Mal im Leben.

In der Zwischenzeit hat Petra die Schlittschuhe ausgezogen und in ihrem Rucksack verstaut. Dann trifft Jürgen mit seinem Team ein. Die Feuerwehr hat die Leiche aus dem Wasser gezogen. Erst kann man nichts erkennen, doch dann erschrickt Petra, und die restliche Mannschaft ebenso. Denn die Leiche ist: Astrid Meyer-Vogelsang.

„Die hat sich vor ungefähr zwei Wochen krank gemeldet", meint Mainzelmann. „Halt ihre Schwangerschaftswehwehchen. Deshalb hat sie auch keiner bei der Arbeit vermisst."

„Aha, und wie lange ist die schon tot? Der Täter ist ja offenbar derselbe. Immer das gleiche Muster, und immer dieses alberne Bändchen. Wenn die nämlich noch nicht so lange tot ist, dann kann es ja nicht mein

Bruder gewesen sein, der sitzt ja bei Euch noch in Untersuchungshaft bis zur Verhandlung. Und dann kann ich ja wieder arbeiten..."

„So schnell bin ich nicht", meint Jürgen.

„Ich muss die erst mal bei mir auf dem Tisch haben. Ich gebe Dir dann Bescheid, obwohl ich eigentlich nicht darf", fügt er etwas leiser hinzu.

Da sie offiziell nichts mehr zu tun hat, begibt sich Petra wieder auf den Heimweg. Auf dem Hof steht der doofe Bulli des hässlichen Bruno. Als sie die Treppe hochgeht, sieht sie, dass die Tanne noch da ist. Aus der Nebenwohnung ist nichts zu hören. Wahrscheinlich sind sie beim Poppen, denkt Petra und schüttelt sich bei dem Kopfkino. Brrr, dann lieber Nonne, als so ein ungepflegter Kerl. Bah. Wieso hatte Matze heute eigentlich Zeit? Es war doch Sonntag? Der heilige Familientag mit der lieben Ruth. Aber egal. Als nächstes durchforstet sie ihre privaten Mails. Kein Lebenszeichen von Steffen. Scheiße. Also, ich mache mir jetzt einen Glühwein, und dann wieder auf die Couch mit dem Buch.

Freitag, 6. Dezember

Das Telefon klingelt. Nein, es klingelt an der Haustüre. Es ist 9.00 Uhr morgens, und Petra hatte noch keine Lust gehabt, aufzustehen. Sie wirft sich einen Bademantel über. Sicherlich wieder der Paketheini, der was loswerden will. Sie hatte nichts bestellt. Vielleicht war es ja auch einfach nur der Nikolaus. Haha.

Vor der Haustüre steht: Michael.

„Morgen Petra, sorry für die frühe Störung. Kann ich reinkommen?"

„Ja, klar. Was gibt es denn?"

„Ja, also, wir haben mehrere Neuigkeiten. Frau Meier-Vogelsang wurde vor einer Woche ermordet. Somit kann es Dein Bruder nicht gewesen sein. Wir mussten ihn heute wieder auf freien Fuß setzen. Deine Mutter hat einen fiesen Anwalt angeheuert, wir können ihn nicht länger festhalten. Es sei denn, du willst Anzeige erstatten wegen dem Angriff."

„Nee, lass mal. Ich muss mich nicht noch unbeliebter machen bei meiner Familie."

„Das zweite ist: wir haben gestern nochmals eine Leiche gefunden. Und es ist wieder eine Bekannte von Dir. Deine Nachbarin Frau Romanescu. Sie wurde in einer der großen Mülltonnen beim Werkhof gefunden. Das rote Bändel um den Hals, vergewaltigt, die DNA ist identisch mit der DNA, die bei Patricia Klein gefunden worden ist, aber es ist NICHT die DNA von Deinem Bruder. Ein unbekannter Mörder treibt nach wie vor sein Unwesen. Bitte, hier ist Deine Waffe, Dein Ausweis, bitte komm´ am Montag wieder zur Arbeit. Wir brauchen Dich!"

„Alles klar, ich könnte auch heute schon…"

„Nein, nimm´ Dir noch das Wochenende. Heute ist eh nichts mehr los. Bis Montag dann also."

Auf diesen Schreck brauche ich einen Schnaps, denkt Petra, was sie natürlich morgens um 9.30 Uhr nicht in die Tat umsetzt. Ein Blick aus dem Fenster zeigt ihr etwas Sonnenschein, ein Blick auf das Thermometer lässt hoffen: Fünf Grad plus. Also: erst einmal laufen, das Hirn freipusten, und nachdenken.

Irgendetwas hat sie nicht beachtet. Sie findet keinen Rhythmus beim Laufen und irgendwas beunruhigt sie zutiefst. „If love is a word, I don´t understand.." jault Marlon Roudette über Ipod in ihr Ohr. Und plötzlich weiß sie es. Das kann kein Zufall sein.
Ich weiß, wer es ist und ich weiß wo er jetzt ist. Petra trifft die Erkenntnis wie ein Blitzschlag. Eigentlich war es schon lange klar gewesen. Schnelles Überlegen…sie

muss das Auto holen. Bis nach Hause hat sie noch ungefähr eine halbe Stunde. Das wird das härteste Rennen ihres Lebens. Und wozu tue ich das, fragt sie sich. Ihre Lungen brennen, sie weiß, sie darf nicht zu schnell werden. Die kahlen Bäume ziehen an ihr vorüber, sie nimmt sie aber nur am Rande wahr. Ein paar einzelne Blätter fliegen durch die Luft, als tanzten sie ihren letzten Tanz. Der letzte Tanz des Jahres. Raschelndes Laub unter den Füssen. Strahlende Sonne, einzelne Wolkenfetzen. Ein perfekter Dezembertag mit einer stechen klaren Luft. Nach 25 Minuten kommt sie schweißüberströmt zu Hause an. Sie holt den Schlüssel aus der Schublade im Gang schließt die Tür mit diesem Zweitschlüssel auf, schnappt sich den Autoschlüssel. Rennt wieder nach unten. Dann dreht sie wieder um, und holt ihre Dienstwaffe aus dem Tresor. Sie stopft die Waffe in ihre verschwitzte Laufjacke und springt runter zum Auto. Jetzt heißt es ebenfalls kühlen Kopf zu bewahren und ordnungsgemäß zu fahren. „Wenn du es eilig hast, gehe langsam", fällt ihr ein Spruch von Astrid ein, von wem auch immer die den geklaut hatte. Astrid. Natürlich.

Normalerweise 15 Minuten Fahrt zu dem verhassten Haus. Ihre Finger krallen sich in das Lenkrad. Ich muss die Geschwindigkeit halten, Nerven bewahren und ruhig bleiben, denkt sie. Und: Au Mann, einen Schlüssel habe ich ja auch nicht mehr. Sie fährt, wie schon viele Jahre zuvor, über den Tüllinger Berg. Basel liegt in dichtem Nebel, wie schon so oft. Als ob sich ein Schleier über die Tat legen wollte, als ob sie geschehen sollte.

Sie stellt das Auto ein paar Häuser vor dem verhassten Haus ihrer Mutter ab. Ich will da nicht hin. Du musst, befiehlt ihr eine innere Stimme. Du hast geschworen, Leben zu retten. Mich kotzt das Haus an. Und wenn nichts ist? Ruf die Streife an, sagt die Vernunft. Dann ist es zu spät, sagt die innere Stimme. Denn es Fehlalarm wäre? Dann würde ihre Mutter sie zusammenscheißen, dass sie sie in einen schlechten Ruf gebracht hätte. Dass sie wieder Mal ein schlechtes Bild von sich gegeben hätte. Und dass sie, dass sie….
Und wie komme ich da rein? Petra überlegt fieberhaft. Versucht es über die Seitentüre. Abgeschlossen. Mit ihren Laufschuhen ist sie relativ leise unterwegs. Sie versucht es über den Balkon. Auch zu. Klingeln geht gar nicht. Ich muss da rein. Ich weiß es. Sie drückt nochmals gegen die Balkontüre. Besonders stabil war die noch nie. Sie hat recht. Mit einem dumpfen Knirschen gibt die Türe nach. Sie tritt ein, die Walther wie im schlechten Krimi entsichert in der Hand. Stille.
Da ist keiner.

Fehlalarm.

Wenn Mutter mich jetzt erwischt, dann hat sie mich echt am Wickel. Petra wird panisch. Mit geladener Pistole in ihr Haus eingebrochen. War ja klar, dass aus ihr nichts wird. Hat sie doch immer gesagt. Sie zwingt sich zu kontrolliertem Denken und versucht die aufgestaute Wut auf ihre Mutter in den Griff zu bekommen. Dank der Endorphine der vorher gelaufenen Runde, gelingt ihr das relativ schnell.

Sie schleicht sich nach oben, in dem sie wie in unzähligen Krimiserien von Ecke zu Ecke hüpft. Im Schlafzimmer ist die Türe verschlossen. Moment. Die Türe ist sonst nie verschlossen. Jede Türe ist immer auf. Ob sie auf dem Klo sitzt, oder poppt. Es sollen immer alle alles schön mitbekommen. Was ist jetzt also los? Wenn sie nicht da ist, ist sie nicht da. Und ansonsten stimmt irgendwas überhaupt nicht. Soll ich? Leise öffnet Petra die Schlafzimmertüre.

„Matze, es ist vorbei". Petra hebt die Waffe.

Er dreht sich um und versucht sich auf sie zu stürzen. Sie zielt so gut sie kann und schießt ihn ins Bein.

Mit einem wütenden Zischen bricht er zusammen und hält sich seinen Oberschenkel. Sie versetzt ihm einen Schlag mit der Handkante, er sinkt benommen in sich zusammen.

Handschellen hätte ich jetzt gerne dabei, denkt sie.

Ihre Mutter liegt nackt auf dem Bett. O Gott, kannst Du mir diesen Anblick ersparen? Sie starrt ihre Tochter aus großen, wirren Augen an.

„Bist Du verletzt?"

„Natürlich nicht, Du dumme Kuh", kommt als Antwort.

In dem Fall alles Bestens.

„Ich dürfte dann mal den schicken Schal um Deinen Hals ausleihen", sagt Petra sarkastisch und knüpft ihn widerwillig auf. Ihr Geruch widerte sie schon seit jeher an, und jetzt, gemischt mit Adrenalin und Hormonen, noch schlimmer. Pfui, und das in dem Alter, und das mit meinem Ex-Lover. Igitt.

„Ich wollte hier ein bisschen Spaß mit Matze", sagt die liebe Mutter.

„Dass DU natürlich wieder eifersüchtig wirst, ist mir schon klar".

Klar, ich lüge ja auch schon seit Jahren wie gedruckt. Petra fesselt Matze die Hände und Füße, so gut sie es kann. Dann ruft sie auf dem Revier an, dass die Jungs so schnell wie möglich eine Streife schicken sollten.

Die Spermaspuren werden beweisen, dass er für die anderen 4 Morde verantwortlich ist.

Epilog – Freitag, 20. Dezember

„Ich habe mich lange mit ihm unterhalten", sagt Dr. Marie Schuhmacher. Petra sitzt ihr gegenüber im Büro.

„Es tut mir leid, Dir sagen zu müssen, dass er es wegen Dir getan hat. Ihr seid so oft zusammen gejoggt, Du hast ihm einiges erzählt. Er wollte unbedingt mit Dir zusammen sein. Leider hätte eine Scheidung ihn vollkommen ruiniert. Somit hat er versucht, all den Leuten, die Dir weh getan haben, eins auszuwischen."

„Ja, aber die Patricia Klein, die kannte ich doch gar nicht. Und die alte Schwätzer auch nicht."

„Patricia Klein hat er zufällig getroffen. Sie hat ihn an Dich erinnert. Sie sah Dir ja auch auffällig ähnlich. Und Frau Hildegard Schwätzer war so eine Art Übungsobjekt. Er musste testen, ob er auch bei in Anführungszeichen „alten" Frauen ankommen konnte. Das wahre Opfer war Deine Mutter."

„Und die Fotos bei meinem Bruder?"

„Die hat er dort mal deponiert. Er hat irgendwann mal Deinen Bruder in der Kostbar kennengelernt. Als die zumachte, hat der Äääändy den Matze noch mit zu sich eingeladen, und da war dem Matze klar, dass es sich bei diesem Saufkumpan um Dein geliebtes Brüderle handelt. Somit stand der Plan. Matze ist extrem gestört und verwirrt. Natürlich rechtfertigt das keine Morde."

„Und was passiert jetzt?"

„Ich finde, Du solltest Dich erst einmal ausruhen. Es ist bald Weihnachten. Susanne macht am ersten Feiertag ein Essen und hat uns eingeladen."

„Super, Dich und Alain, sie und Peter, und ich bin ganz alleine."

„Naja, nicht ganz alleine. Alain hat einen ehemaligen Patienten dabei. Den hat er von seiner Flugangst geheilt und nun ist er Pilot bei Air Fraß. Air France, meine ich."

„Wollt Ihr mich etwa verkuppeln?"

„Nö, aber Du bist dann nicht alleine."

„Super, ist das wieder ein Franzose? Ich kann kein Französisch…"

„Ach, Petra. Du kannst genauso gut französisch wie ich. Wir waren doch zusammen im Grundkurs bei Herrn Dr. Flipps. Ich hatte das auch alles vergessen, aber nachdem ich mich einen Nachmittag lang mit Alain unterhalten hatte, der damals noch sehr geduldig war, was er heute nicht mehr ist…hüstel, ging es ganz gut. Probiere es aus. Anscheinend sieht der Typ mega aus. Groß und schwarzhaarig."

„Na, denn. Wann soll die *„Soirée"* stattfinden?

„Um 19.00 Uhr. Siehste, geht doch."

Marie erhebt sich, gibt Petra zwei Küsschen auf die Wange.

„A bientôt"

Am Weihnachtsabend um 18.00 Uhr mitteleuropäische Zeit stürzt eine Maschine der Airline *Miami Vice*, welche in Zürich gestartet ist und auf dem Landeanflug nach Miami war, über einem Golfplatz ab. Präsident Trampel, der dort am Golfen war, sämtliche Passagiere sowie die Crew konnten nicht mehr gerettet werden. An Bord befand sich auch eine platinblonde, ältere Dame in Begleitung eines jüngeren Mannes...